CLAUDIA SPERLICH

DIE ARGONAUTEN.

ORPHEUS

ZWEI GRIECHISCHE SAGEN

© Claudia Sperlich, 2020
Verlag: tredition GmbH,
Halenreie 40-44 / 22359 Hamburg

Einband unter Verwendung eines Bildes
von Konstantinos Volanakis, Wikipedia
common.

Paperback ISBN 978-3-347-03135-7
Hardcover ISBN 978-3-347-03136-4
e-Book ISBN 978-3-347-03137-1

Inhaltsverzeichnis

VORWORT

Die antike Sagenwelt hat mich schon in der Kindheit fasziniert. Als längst Erwachsene bekam ich den Auftrag, die Argonautensage in etwa neunzig Minuten öffentlich vorzutragen. Dazu musste ich sie allerdings erst in eine hierzu geeignete Form bringen. Die Fassungen des 19. Jahrhunderts gefielen mir nicht, frühere waren ohne eine sehr spezifische Bildung nicht leicht verständlich, also schrieb ich sie neu, wobei ich mich an der spätantiken Fassung des Apollonios Rhodios orientierte.

Die Argo, das schnelle Schiff der Argonauten, hat es so vermutlich ebensowenig gegeben wie Skylla, Charybdis, die Stymphaliden und andere Ungeheuer. Aber die Sage entstand in einer Zeit, als der Schiffsbau sich entwickelte. Die Griechen nahmen mit Staunen wahr, daß es Schiffe gab, die nicht nur an den Küsten entlang fuhren, sondern recht weit auf die See hinaus. Ebenso haben die erwähnten berühmten Waffen der Chalyber im nördlichen Kleinasien einen realen Hintergrund – der Volksstamm war für seine Fertigkeit in der Metallverarbeitung berühmt. Das griechische Wort *chalybes* bedeutet etwa „Stahlleute".

Erzählerin ist bei mir die Muse der Geschichtsschreibung, Kalliope, Mutter des Orpheus. Durch seine Rolle in der Argonautika angeregt, schrieb ich später auch die Orpheussage neu.

Die griechische Sagenwelt ist ebenso spannend wie düster. Es gibt kein Happy End. Aber Orpheus ist der eine Argonaut, der nie zur Waffe und oft mit erstaunlichem Erfolg zur Leier greift, der Seher und Sänger, der den Frieden will. Die frühchristliche Apologetik interpretiert ihn als Vorausbild Jesu Christi. In meiner Fassung der Orpheussage lasse ich das an einer Stelle ganz leise anklingen.

Daß dies Buch nach vielen Jahren der Einsamkeit auf der Festplatte nun endlich gedruckt ist, verdanke ich dem beharrlich-freundlichen Drängen von Frau Beate Sawitzki und ihrer Begeisterung für Georgien (das auf dem Gebiet des antiken Kolchis liegt).

DIE ARGONAUTEN

Πρῶτά νυν Ὀρφῆος μνησώμεθα, τόν ῥά ποτ' αὐτὴ
Καλλιόπη Θρήικι φατίζεται εὐνηθεῖσα
Οἰάγρωι σκοπιῆς Πιμπληίδ' ἄγχι τεκέσθαι.

Vor allem andern wollen wir an Orpheus erinnern,
Den Kalliope selbst, wie man sagt, dem Thraker Oiagros
Auf der Anhöhe Pimpla gebar, auf dem Ruhelager.

Apollonios Rhodios, Argonautica

*

König Athamas von Orchomenos in Boiotien, der junge Wolkengucker, verliebte sich in Nephele, die Wolkenfürstin - oder umgekehrt, was weiß ich. Jedenfalls kam sie zu ihm herab. Er wollte sie zu seiner Königin machen, und sie stellte eine Bedingung: Nie sollte er die Wolken vernachlässigen, nie vergessen, was die Menschen den Wolken zu verdanken haben. Sie hatten zwei Kinder, Phrixos und Helle, das Vieh vermehrte sich, das Land florierte, Athamas regierte - und vor lauter regieren und florieren vergaß er seine jugendliche Wolkenguckerei und hatte für Nephele keine Zeit mehr. Sie verließ ihn ohne Zorn.

Er heiratete Ino. Und die konnte die Kinder nicht leiden. Nephele merkte, wie sie mit den beiden umsprang, und verbot den Wolken, das

Land zu beregnen. Die Dürre ging ins zweite Jahr, da schickte Athamas Boten zum Orakel von Delphi. Was Apoll gesagt hat, weiß keiner; Ino schickte Diener mit Bestechungsgeld, als die Boten auf dem Rückweg waren. Sie nahmen das Geld und sagten dafür, die Kinder sollten geopfert werden, dann werde es regnen. Athamas willigte traurig ein, kam nicht darauf, Nephele zu fragen, ob es wahr sei, setzte einen Tag fest.

Die Kinder spielten draußen, da schickte Nephele vom Himmel einen goldenen Widder. Die Kinder streichelten ihn, er war zahm und lieb. Sie setzten sich auf seinen breiten Rücken, hielten sich in der goldenen Wolle fest. Der Widder flog mit ihnen fort, über das Meer. Helle wurde müde, konnte sich nicht mehr festhalten und stürzte ab.

Der Widder flog über das Schwarze Meer und landete am Fuß des Kaukasus, in Kolchis, dem Reich des Sonnensohnes Aietes. Aietes nahm Phrixos auf, und der opferte den Widder zum Dank dem Ares, der hier besonders verehrt wurde. Nepheles sanftes, hilfsbereites Wolkentier wurde zum Schlachtopfer für den Kriegsgott. Das Fell, das goldene Vlies, schenkte Phrixos dem König. Der hörte die Weissagung: seine Herrschaft werde enden, wenn er das

Vlies verlöre. So band ers an eine Eiche im heiligen Hain des Ares und setzte einen feuerspeienden Drachen als Wächter ein.

*

Zu jener Zeit war ich nach Thrakien gegangen, überdrüssig meiner Rolle als älteste von neun Schwestern. Dort entwickelte sich gerade eine neue Form der Vortragskunst, weniger eintönig und mit begleitenden Gesten, zugleich ein von alten Mustern abweichender Erzählstil – ich wollte die jungen Dichter und Sänger unterstützen.

Einen von ihnen traf ich in der Halle des Fürstenhauses, die der kunstbegeisterten Jugend offenstand. Oiagros hieß der schöne Makedonier, Sohn des Piëros, des Königs von Pella. Feinsinnig war er und klug, kannte die großen Sänger und dichtete gelegentlich, durchaus begabt, kleine Lieder. Nicht nur väterlicher Wille und fürstliche Tradition hatten den Prinzen reisen lassen. Er erzählte mir von seinen neun stimmbegabten Schwestern: „Sie singen wirklich wundervoll, eine wie die andere", seufzte er, „und schön sind sie, weißhäutig, schwarzhaarig; wenn sie im Chor singen, eine Freude für Augen und Ohren! Aber", er wand sich verlegen, „wenn sie nicht singen, schwätzen sie. Wie die Elstern, und genau so schwarz und weiß, nicht nur im Aussehen, wenn du verstehst, was ich meine." Ich verstand ihn nur zu gut.

Er trug mir seine neuen Gedichte vor; hie und da ergab sich im Gespräch eine Verbesserung oder ein ganz neuer Einfall. Seine Küsse waren der Dank.

Endlich blieb es nicht beim Dichten und Küssen, ich erwartete ein Kind, und wir ließen uns in Thrakien unweit des Königshauses nieder. König Piëros erschien zur Hochzeit mit seinen neun Töchtern, die wirklich gute Sängerinnen waren, die Feier dadurch und mit ihrer großen Schönheit sehr bereicherten, wenngleich sie auch sonst der Beschreibung ihres Bruders entsprachen. Piëros berichtete, er habe bei seiner Ankunft in Thrakien eine Orakelstätte aufgesucht und dort erfahren, neun göttliche Schutzherrinnen wachten über die Künste; er sprach von seinem Entschluß, ihre Verehrung in Pella einzuführen und sie zu bitten, auch über seine Töchter zu wachen. Die Situation war mir peinlich; ich konnte meinem Schwiegervater schlecht sagen, ich sei eine der Neun und wünsche diese jungen Schwätzerinnen nicht zu behüten. Im Grunde war ich froh, als die Feierlichkeiten hinter uns lagen und die Sippe wieder fortschwärmte. Meine Schwester Polyhymnia brachte später den boshaften Scherz auf, die Mädchen hätten sich in Elstern verwandelt nach einem Sängerwettstreit mit uns allen.

*

Linos kam gesund zur Welt und entwickelte bald ein Gespür für Rhythmus und Klang, lernte früh das Sprechen und machte davon so reichlichen Gebrauch, daß Oiagros manchmal entnervt meinte, der Kleine sei wie seine neun Tanten zusammen. Orpheus gebar ich wenige Jahre später; er schien Linos zunächst unterlegen, war zarter, sanfter und stiller, hörte mehr zu als er selbst sang – womit er begann, als er noch tapsig durch die Gegend stolperte -, sang mehr als er sprach, und hatte eine eigenartige Weise, seine kleine Kithara zu bearbeiten. Linos zeigte ihm immer wieder, wie es richtig ging – nach solchem Unterricht zog Orpheus sich maulig zurück. Oft saß er stundenlang allein im Garten. Hier hörte ich ihn einmal eine ungewöhnliche kleine Melodie vor sich hin summen, Intervalle, die er kaum je gehört hatte. Dabei grub er mit einem Finger die Erde auf. Ein Rotkehlchen saß still daneben, schien zu lauschen. Orpheus zog die Hand zurück, ließ den Vogel auf die lockeren Erdkrumen hüpfen und nach Würmern picken, summte dabei unablässig seine seltsame, durchaus gelungene kleine Melodie. Ich schenkte ihm anderntags eine bessere Kithara; er spielte hingerissen darauf, stundenlang, immer neue Variationen seiner Weise – bis Linos kam. Sofort legte Orpheus das Instrument beiseite.

Mir schien, als wüchsen die Kräuter und Blumen im Garten besser, seit Orpheus so häufig dort war, kleine Weisen spielte und vor sich hin sang. Oiagros lachte mich zwar aus deshalb und meinte, es sei umgekehrt – unser Sohn spiele und singe so gut, weil die Blumen, die er so liebte, in diesem Jahr besser wüchsen als sonst. Aber woher sollen Blumen solche Macht haben?

*

Immer wieder stritten die Brüder, und immer wieder lief es nach dem gleichen Muster ab: der ältere meinte, den jüngeren in irgendetwas – meist in Spiel- oder Gesangstechnik – verbessern zu müssen, der jüngere widersprach und versuchte, seine besondere Eigenart zu erklären, der ältere beharrte und schimpfte, der jüngere zog sich maulend zurück. Ich fand ihn dann oft leise weinend im Garten. Wenn ich die beiden einzeln zur Rede stellte, hieß es

„Orpheus macht das aber doch falsch" und „Linos hat gar nicht Recht". Tatsächlich hatte Linos von früh an eine sehr sorgfältige Technik – er war ein ausgezeichneter Kitharaspieler und ein guter Sänger, und seine schnelle Auffassungsgabe ließ ihn Lieder nach einmaligem Hören genau wiederholen, aber niemals erdachte er Eigenes. Orpheus mußte alles erforschen: Wie klingt das Instrument, wenn ich es so oder so halte und anschlage? Was kann man mit der Stimme alles anstellen? So versuchte er, alle Geräusche nachzuahmen, die ihm begegneten, gleich ob es die Nachtigall war oder der Wiedehopf, quietschende Wagenräder oder Ziegen oder Hirtenflöten, Meeresrauschen oder der Wind in den Bergen. Er sammelte Klänge, wie andere Menschen Schaumünzen oder Schmuck sammeln.

*

Linos hatte guten Erfolg als Sänger und Lehrer, während Orpheus seine ungewöhnlichen, sonderbar mitreißenden Lieder einer kleinen Hörerschaft vortrug. Er erbat sich von Oiagros die Erlaubnis, zu reisen, und der gab sie ihm etwas zögernd, voll Sorge um das empfindsame Gemüt seines Sohnes. Auch mir war nicht ganz wohl – er war noch keine siebzehn Jahre alt –, aber ich sah ein, daß er zu Hause nicht genug lernen konnte. Schweren Herzens ließen wir ihn reisen.

Er kam nach über einem Jahr wieder, und nicht nur war mein kleiner Träumer männlicher geworden, blickte freier in die Welt; nicht nur vollbrachte er Erstaunliches mit Kithara und Stimme. Er sang von einem mächtigen Gott der Nubier, Osiris, dem Vollkommenen, dem Zwilling des düsteren Seth. Noch im Mutterleib sei in Osiris so große Liebe zu seiner älteren Schwester Isis gewachsen, daß sie als Herangewachsene ihre Verwandtschaft nicht mehr achteten und als Gatten lebten. Seth aber habe seinen Bruder schon im Mutterleib beneidet und habe ihn endlich ermordet und zerstückelt. Darauf habe die treue Schwestergattin die Teile ihres Gemahls zusammengesetzt und wieder lebendig gemacht, und Horus, ihr Sohn, habe später den Seth überwunden. Herr der Unterwelt sei Osiris geworden und zugleich Herr des Lebens. - Dies sonderbar schöne Lied traf den Nerv der Zeit, die jungen Leute strömten herbei, wenn Orpheus sang, und in immer neuen Abwandlungen mußte er das Lied von Osiris vortragen. Doch immer wieder machte er sich rar, nicht aus Eitelkeit, sondern aus einer beständigen Scheu, seinem eigenen Anspruch nicht zu genügen. Er bewahrte seine Liebe zum Alleinsein. Oft fand ich ihn nachts im Garten, die Augen bei den Sternen, ihre Namen murmelnd.

Mit Stolz auf seine Sangeskunst, aber auch mit Sorge sah ich seine Begeisterung für die blutige Geschichte des Osiris. Es war mir nur zu deutlich, daß zwischen Orpheus und Linos keine brüderliche Liebe bestehen konnte, und wenn ich Orpheus in wilder Freude singen hörte, wie der von Seth zerfetzte Osiris endlich mächtiger wurde, als sein Bruder je gewesen war, so graute mir vor meinen beiden Söhnen, und ich fürchtete für beide.

*

Jason, der Königssohn von Jolkos, war fast gleichzeitig mit Orpheus geboren. Da hatte sein Vater Aison die Herrschaft schon verloren – denn Pelias, Aisons jüngerer Bruder, hatte ihn verbannt, um die Herrschaft über ganz Thessalien zu ergreifen. Alkimede überlebte die Geburt ihres Sohnes nur eben lang genug, um den Kentauren Cheiron zu seinem Erzieher zu bestimmen. Trauer und Einsamkeit zehrten an Aison; er folgte seiner Frau bald.

Pelias aber hatte an seiner Herrschaft keine ungetrübte Freude. Er lebte in Angst vor Rache.

Einmal sagte ihm die Pythia, die Seherin des delphischen Orakels: zum Verhängnis werde ihm der Mann werden, der nur einen Schuh trüge. Pelias lachte erleichtert, meinte: *Solche Menschen gibt es ja nicht, entweder jemand trägt Schuhe, zwei, oder er geht barfuß. Die Pythia muß doch wohl meinen: Keine Gefahr droht mir!*

Er plante ein Opferfest für den Gott des Meeres, Poseidon. Die ganze Stadt war geladen, und nach dem Gastrecht durfte bei einem solchen Fest auch ungeladen jeder erscheinen. Davon hörte auch Jason, der inzwischen ein schöner und starker junger Mann war. Er wollte die Gelegenheit nutzen, seinem Onkel ins Gesicht zu sagen, er sei ein Thronräuber, und wollte die Krone, die ihm, Jason, als Erben des rechtmäßigen Königs zustand, fordern.

Auf dem Weg kam er an das Ufer des reißenden Anauros. Die Brücke war vom Hochwasser weggespült worden; man sah nur noch die morschen Überreste hüben und drüben. Dort stand eine altersgebeugte, ärmlich gekleidete Frau mit einem Reisigbündel. Sie bat Jason, ihr über den Fluß zu helfen. Brennholz habe sie gesammelt für ihre kleinen verwaisten Enkel, nun sei die Brücke fort, und sie wisse nicht, wie sie den Fluß überqueren solle. Jason küßte der Alten ehrerbietig die Hände und bat sie, keine

Angst zu haben. Er hob sie auf seine Schultern und trug sie durch das reißende Wasser. In der Mitte ging es ihm zwar fast bis an den Hals, aber er stemmte sich gegen die Flut und erreichte sicher das andere Ufer. Nur einen Schuh hatte er dabei verloren.

Wohlwollend sah die Alte ihm nach. Ihre Züge glätteten sich, die Gestalt straffte sich und wuchs hoch über Menschliches hinaus – Hera, die hohe Göttin, stand am Anauros. „Brav, mein Sohn", lächelte sie. Jason aber wandte sich nicht um, sah und merkte nichts von der Göttin.

Er ging nach Jolkos, wo alles zum Fest geschmückt war. Der König grüßte alle Gäste, geladene wie fremde, man opferte, aß, trank, tanzte. Neben Poseidon wurden auch die anderen Götter mit Opfergaben bedacht – nur Heras Heiligtum suchte Jason vergeblich. Nach den Feierlichkeiten ging Jason zu Pelias und gab sich ihm als Sohn des Aison zu erkennen. „Du weißt", sagte er, „daß ich mehr Recht auf den Thron habe als du. Gib mir mein Eigentum zurück! Gäste darf man nicht berauben."

Pelias überlegte hin und her. Den Gast ermorden wäre schändlich gewesen und hätte ihn für alle Zeit unmöglich gemacht. Aber den Gastfreund um etwas bitten, sogar eine

Gegenleistung vorab zu fordern, das war nicht schlecht. Was konnte man fordern, daß der junge Kerl mit Sicherheit nie zurückkehrte? „Selbstverständlich gebe ich dir den Thron, da du so darauf bestehst", sagte er. „Nur bitte ich dich, mir etwas zu holen, wonach ich mich seit langem sehne. Ich werde alt und bin zu großen Heldenfahrten nicht mehr fähig. Du aber wirst Ehre und Ruhm davon haben! Bring mir doch das Goldene Vlies." In diesem Augenblick trat Hera unsichtbar zu Jason und flüsterte: „Mach es nur. Ich werde dir helfen." Jason spürte, wie er mutig und abenteuerlustig wurde, und sagte: „Gern will ich das. Aber sobald du das Goldene Vlies in Händen hältst, besteige ich den Thron." „So ist die Abmachung", antwortete Pelias und dachte: Entweder du bist klug, machst dich davon und kommst nie wieder, oder du bist es nicht, läßt dich vom Drachen rösten und kommst gleichfalls nie wieder."

Am anderen Tag ließ sich Pelias neue Schuhe machen und plauderte dabei mit dem Schuhmacher, erzählte ihm besonders von einem jungen Angeber und Schwachkopf, der geprahlt habe, er könne das goldene Vlies holen. Der Schuhmacher lachte, schüttelte den Kopf und sagte: „Ja, komische Leute gibt es! Bei mir war vorgestern einer, der wollte, daß ich ihm eine

Sandale mache. Eine, verstehst du? Die andere hatte er als Muster dabei."

*

Jason überlegte, wie er nach Kolchis kommen sollte. Kolchis war weit, man mußte das Marmarameer und das Schwarze Meer durchqueren, und was nördlich vom Bosporos war, wußte niemand genau. Und der Landweg wäre umständlich und lang. „Ein Schiff, wendig genug, um die zahlreichen Inselchen zu umschiffen, stark genug, um die unberechenbaren Winde auszuhalten. Ich brauche Ruderer, viele, tüchtige, um in jede schmale Bucht zu kommen. Ich brauche aber auch riesige Segel, denn das Schiff muß groß genug sein für eine Menge Leute, Werkzeug, Proviant, Wasservorräte. Ein solches Schiff gibt es gar nicht!", schloß Jason seine Grübeleien. Da sah er hinter geschlossenen Lidern ein goldenes Licht: Athene stand vor ihm. „Jason, Jason", lächelte sie, „als ob du das Schiff selbst planen müßtest! Habt ihr keinen guten Schiffbauer im Land? Argos hat mehr als hundert tüchtige Schiffe entworfen. Geh gleich morgen zu ihm."

Argos aber träumte in der gleichen Nacht, die Göttin komme in seine Werkstatt. „Nun, Argos, wie laufen die Geschäfte? Hast du Mut zu einem

Großauftrag, wie es noch nie einen gab?" Argos lächelte im Traum, und die Göttin fuhr fort: „Du bist ein geschickter Handwerker und ein guter Planer. Möchtest du - mit meiner Hilfe, versteht sich - als der Erfinder des Langstreckenseglers berühmt werden?" „Planken möglichst dünn, aber stabiles Holz", brabbelte Argos im Traum, „schmal und lang, wenig Innenwände." „Recht so, mein Sohn", Athene nickte, „und ein technisches Detail werde ich beisteuern, laß dich überraschen."

Am Morgen ging Jason zu Argos. „Du giltst als geschickter Schiffbauer", sagte er. Argos nickte geschmeichelt. „Traust du dir zu, ein Schiff zu bauen, das es bis nach Kolchis schafft?" Argos schob die Lippen vor: „Denk schon." Er führte Jason zu seinem Zeichentisch. „Mir ist da letzte Nacht etwas eingefallen. Fünfzig Ruder, drei Segel. Schmal genug für jede Meerenge, geringer Tiefgang, fährt zur Not auch in einem leidlich breiten Fluß." „Und kostet?", fragte Jason etwas besorgt. „Kost und Logis, wenn du mich mitnimmst", grinste Argos. „Ich baue hier mein Leben lang Schiffe, und andere fahren damit. Diese Fahrt soll mir nicht entgehen." Jason lächelte erleichtert. „Das Schiff soll Argo heißen, die Flinke, zu deiner Ehre", sagte er,

„und Argoschiffer die Mannschaft, Argonauten."

Athene schenkte Argos einen Eichenstamm aus Dodona, dem heiligen Hain des Zeus. Kein Sterblicher konnte dort fällen. Die Eichen des Zeus flüsterten im Wind, murmelten im Regen und gaben jedem Hilfesuchenden guten Rat. „Nimm das Holz für den Bug", riet Athene, „dann sieht das Schiff, wo es hinfährt."

*

Jason durchwanderte Hellas und suchte Männer, die ihn nach Kolchis begleiten wollten. Viele hatten Lust zu diesem einzigartigen Abenteuer, unter ihnen Herakles und sein Waffenträger Hylas, Theseus von Athen, aus Sparta die kämpferischen Zwillinge Kastor und Polydeukes, und zwischen all diesen Haudegen und Schlagetots mein Sohn Orpheus. Am Abend vor der Abfahrt sang er die Geschichte von Phrixos und Helle.

Jasons Vorhaben hatte sich längst in der Gegend herumgesprochen, und Männer und Frauen kamen, um die Seefahrer zu verabschieden – einige auch, um sie besorgt zurückzuhalten. Man nahm Pelias übel, eine solche Menge ausgezeichneter Krieger fern von Hellas auf ein ungewisses Abenteuer zu schicken. Aietes - „der

Barbarenfürst" - wurde zwar nicht als besondere Gefahr angesehen – aber das Meer! Die weite Fahrt! In allen Heiligtümern der Umgebung beteten Frauen um eine glückliche Fahrt und baldige Heimkehr der Argonauten. Jasons Männer opferten dem Apollon, dem Schützer der Seefahrt.

Während des Opfermahles ließ Idmons Sehergabe ihn eine harte Fahrt verheißen, und der angetrunkene Kraftprotz Idas prahlte, das sei feiger Weiberkram, Angst sei für Spökenkieker und Kinder, nicht für Männer. Beinahe wäre es zu Handgreiflichkeiten gekommen, aber Orpheus griff wieder nach seiner Leier und sang, wie einst Himmel, Erde und Meer im Streit gelegen und sich wieder vertragen hatten. Das klang so schön, so sanft und so fröhlich, daß Idmon lächelnd die Handflächen nach vorne kehrte und Idas mit einem verlegenen Grinsen schwieg.

Jason betrachtete noch nachdenklich das Schiff, als alle anderen längst schliefen. Plötzlich hörte er eine Stimme. „Geh schlafen, Jason", sagte es, „du hast einen langen Tag vor dir." Jason sah sich um, woher die Stimme kam. „Ich bin es, der Bug. Wundere dich nicht, immerhin habe ich jahrzehntelang in einem heiligen Hain des Zeus gestanden. Athene hat mir den Auftrag gegeben, euch gelegentlich zu beraten."

*

Endlich waren sie auf See, noch in Küstennähe mit dem ungewohnten neuartigen Schiff. Der Kentaur Cheiron war vom Pelion herabgestiegen und stand winkend am Ufer. Jason ließ anlegen, und Cheiron wurde von allen ehrfürchtig begrüßt. Seinem Zögling gab er noch einige gute Ratschläge mit auf den Weg. „Du warst immer ein guter Schüler", sagte er mit freundlichem Ernst. „Aber du neigst zur Unbesonnenheit. Sei vorsichtig."

Sie umschifften bei gutem Wind die Halbinsel Chalkidike und steuerten die Insel Lemnos an, um zu rasten und die Wasservorräte zu ergänzen. Hier lebten nur Frauen. Denn die Männer von Lemnos hatten so lange all ihre Zeit mit den erbeuteten Thrakierinnen verbracht und die Frauen von Lemnos mit der Arbeit auf den Feldern ebenso allein gelassen wie auf dem Lager, daß jene im Zorn ihre Gatten samt und sonders vergiftet hatten. Auch die männlichen Kinder waren dem Mord zum Opfer gefallen. Nur die Königstochter Hypsipyle hatte sich davor entsetzt und ihren Vater heimlich über das Meer entkommen lassen, sie aber herrschte.

Der Männermord war nun ungefähr ein Jahr her, und die Frauen waren ständig auf der Hut vor Verfolgern. Bewaffnete Wächterinnen standen am Hafen. Da sie aber merkten, daß die Argonauten in friedlicher Absicht kamen, bewirteten sie die Gäste.

Die Männer waren noch nicht lange auf See, waren noch stadtfein und wohlrasiert, und die Frauen hatten seit einem Jahr keine Männer gesehen. Sie beschlossen, die Fremden nicht nur für einen Tag zu bewirten. Die besten Köchinnen verausgabten sich, und immer wieder fragten einzelne Frauen den ein oder anderen Argonauten, ob er nicht Holz hacken oder Wasser tragen helfen könne, das sei so schwer, und ob er nicht ein wenig Wild erlegen könne, das sei doch Männerarbeit. Nach wenigen Tagen waren die Männer nicht mehr sicher, ob sie das Goldene Vlies unbedingt haben wollten, und nach wenigen Wochen waren sie sicher, daß sie es nicht brauchten. Herakles aber war auf dem Schiff geblieben - „Einer muß ja aufpassen" - und sah von ferne die schöne Abenteuerfahrt aufhören, bevor sie recht angefangen hatte. Er schulterte seine Keule, setzte seine grimmigste Miene auf und ging an Land. Jedem der Männer redete er ins Gewissen: Ob er sich zum Gespött machen wolle, feine Helden seien ihm das, nichts als Weiber im Kopf... Am Ende wars den Argonauten peinlich, sich von einem Zeussohn maßregeln zu lassen. Sie küßten ihre Mädchen zum Abschied, war schön mit dir, ich muß weiter, ein andermal mehr.

Hypsipyle blickte der Argo nach. „Jason", murmelte sie, zog durch die Nase hoch und legte lächelnd eine Hand auf ihren Unterleib. In späteren Jahren sollte es auf Lemnos durchaus wieder Männer geben.

*

Sie segelten nach Osten, und Orpheus sang einige freche Lieder, um die Frauen von Lemnos zu vergessen. Noch träge vom lemnischen Wohlleben, gingen sie bereits auf Samothrake wieder an Land. Aus dem Walddickicht trat ihnen ein nackter Mann entgegen, speertragend, die gebräunte Haut mit dunkelroten, handtellergroßen Kreisen bemalt. Mit einem Wink der Speerspitze bedeutete er ihnen, mitzukommen. Flüsternd berieten sich Jason und Herakles und kamen überein, man sei auf alle Fälle überlegen und könne es wagen. So leise wie möglich folgten die Argonauten dem Wortlosen bis zu einer Lichtung, auf der zwei holzgehauene Götterbilder standen mit großen Augen in den flachen Gesichtern, und groß auch hinsichtlich ihrer männlichen Kennzeichnung. Er verneigte sich tief vor ihnen. Jason deutete eine höfliche Verbeugung an; die Gefährten taten es ihm gleich. Auf einen gellenden Ruf des Anführers traten Männer von allen Seiten auf die Lichtung; die Argonauten griffen nach ihren Waffen, jener hob ihnen beschwichtigend die Hände entgegen und bedeutete ihnen, an den Rand der Lichtung zu treten. Die Samothraker waren alle nackt und mit einfachen Zeichen bemalt. Sie hielten kurze Speere und kleine lederne Rundschilde und begannen einen feierlichen Schreittanz vor den Götterbildern, schlugen rhythmisch mit den Speeren auf die Schilde, wurden schneller und schneller, drehten sich, wirbelten die Waffen in die Luft, schlugen mit den Händen auf die Schilde und fingen die Speere wieder. Schaudernd und bewundernd wie vor einem Schauspiel standen die Argonauten. Immer wilder tanzten die Samothraker, immer schneller und härter wurde der Rhythmus der Speere. Zwischendurch stießen sie die Speere hoch in die Luft, und nicht allein die Waffen hoben sich.

Wieder schrie der Anführer gellend, die Tänzer verließen die Lichtung so schnell, wie sie gekommen waren. Der Chorführer blieb, schritt mit erhobenem Speer die Reihen der

Argonauten ab, immer wieder die freie Hand einladend hebend. „Will er, daß wir hier herumtanzen?", flüsterte Herakles Jason zu. Der aber hatte schon begonnen, die Schritte nachzuahmen, und folgte dem Chorführer zaghaft. Andere schlossen sich an, und endlich umschritten alle die Lichtung, zuletzt auch Herakles. Schneller und wilder bewegte sich der Chorführer, und die Argonauten ahmten ihn nach.

Orpheus fand ein Thema, spielte, summte, sang wortlos eine wiederkehrende Weise mit sonderbaren Intervallen, die dem wilden Tanz entsprachen. Die Männer stießen ihre Waffen hoch in die Luft, in immer schnellerem und härterem Rhythmus.

Am frühen Morgen fanden die Argonauten sich weich und angenehm benommen im taunassen Gras der Lichtung liegen. Der Chorführer war fort. Jason setzte sich auf. „Was war das gestern?", fragte er in die Runde. Orpheus summte die neue Weise vor sich hin. Bruchstücke der Erinnerungen wurden teils begeistert, teils peinlich berührt geäußert. Unbewegt standen die rohen Götterbilder. „Wie war das Wort, das dieser Wilde gerufen hat? Kabire?" „Korybas", verbesserte Orpheus. „Und nennt die Leute nicht wild."

Jason erhob sich mit einem Ruck. „Wir sollten weiterfahren. Und es ist wohl besser, wenn wir über das hier schweigen." Die Männer nickten stumm. Orpheus lächelte.

*

Die Kunst des Argos bewährte sich bald: sie mußten durch eine lange Meerenge mit schwierigen Winden, vor denen die gewohnten klobigen Küstenschiffe schwerfällig genug gewesen wären. Die schlanke wendige Argo aber glitt mühelos hindurch. Wieder sprach das dodonische Eichenholz - zum ersten Mal vor der ganzen Mannschaft: „Hier hat damals der Widder die kleine Helle verloren. Hier ist der Hellespont." Die Männer nickten, jeder kannte die Geschichte des Mädchens. „Müdigkeit und Hast waren der Grund ihres Todes", brummte der Bug und verstummte. Tiphys verbiß sich eine gehässige Bemerkung. *Dies ist eine Seefahrt,* dachte er, *Hast und Müdigkeit wird es hier noch öfter geben.*

Vor der phrygischen Küste lag die Insel Kyzikos. Hier wohnten die Dolionen, ein friedliches und gastfreundliches Volk, in unmittelbarer Nachbarschaft mit einer tückischen Bande von sechsarmigen Riesen. Jason ließ anlegen, und die Dolionen waren über so angenehmen

31

Besuch derart fröhlich, daß sie den Argonauten ein dreitägiges Fest ausrichteten. Alle freuten sich, wieder festen Boden unter den Füßen zu haben - nur Herakles witterte wieder einmal Unheil und meinte, er müsse unbedingt das Schiff bewachen. In der Nähe dieser Vielarmigen solle das kostbare Fahrzeug nicht allein bleiben.

Die junge Gemahlin des Königs, Kleite, verbreitete einen übermütig-fröhlichen Zauber: die Hochzeitsriten waren noch nicht lange her, und sie hielt sich für die Glücklichste unter den Sterblichen. Ihre Schönheit und ihre Freude teilten sich noch dem Mürrischsten und Unansehnlichsten mit, dessen Weg sie kreuzte – und ihr keineswegs unansehnlicher liebenswürdiger Gatte sah sie mit verzücktem Lächeln an und ließ auftragen, als gehörten ihm alle Güter der Welt.

Schließlich verabschiedeten sich die Männer, der König erklärte ihnen den Weg nach Kolchis. Die Riesen aber hatten über Nacht den Hafen mit Felsen versperrt und morgens angegriffen. Herakles stand breitbeinig am Bug und schoß Pfeil um Pfeil ab. Der Zeussohn war stark und gewandt, aber er begann schon etwas müde zu werden, und die übrige Besatzung griff im letzten Augenblick in den Kampf ein. Die Riesen wurden besiegt, und dann mußten noch die Felsen weggeräumt werden, und nicht von Riesen.

Wieder stach die Argo in See. Abends legte sich der Wind, und die Männer schliefen ein. Sie erwachten von starkem Regen und neuem Wind, der sich zum Sturm steigerte. Es war stockdunkel, der Wind dröhnte, der Regen prasselte, und das Schiff schien zu fliegen, bis es plötzlich mit einem Ruck auf sandigem Boden festsaß. Die Argonauten gingen an Land und wollten den Morgen abwarten, wurden aber plötzlich von Unbekannten angegriffen. Eine harte Schlacht begann, in der sie die Gegner nur als Schemen sahen. Endlich zogen sich die überlebenden Angreifer zurück. Jasons Leute schliefen erschöpft ein. Am Morgen sahen sie die erschlagenen Feinde deutlich: Es waren ihre Gastfreunde. Der Sturm hatte sie zurück nach Kyzikos getragen. Jasons Speer stak in der Brust des Königs. Die Dolionen hatten sie in der Dunkelheit für Piraten gehalten und angegriffen.

Die Überlebenden beider Seiten beweinten drei Tage lang die Toten und opferten den Göttern der Insel. Eine Dienerin hörte ein Poltern in Kleites Gemach, lief hin und sah ihre schöne

Herrin über einem umgestürzten Hocker baumeln.

Von Kyzikos fuhren sie zur nahen Stadt Kios in Bithynien, zwischen Propuntis und dem Schwarzen Meer. Hier mußten sie das Segel flicken, und Herakles ging zusammen mit Hylas landeinwärts auf der Suche nach einem geeigneten Baum für ein neues Ruder – seines war zerbrochen, als er es mit Gewalt gegen die anstürmenden Wellen gehalten hatte. Die in Kios ansässigen Myser waren freundlich und hilfsbereit, brachten Feuerholz, Wasser und Essen. Inzwischen war vor Herakles und Hylas ein weißer Hirsch aus dem Unterholz aufgetaucht. Hylas lief ihm mit Pfeil und Bogen nach. Herakles suchte indessen weiter nach Ruderholz. Er sah nicht, wie der Hirsch immer gerade außer Schußweite vor Hylas herlief, bis zu einem klaren, stillen See mitten im Wald. Hier verschwand der Hirsch plötzlich - im See, im Unterholz, im Boden? Hylas kauerte sich enttäuscht und verwundert ans Ufer. Da war doch im Wasser so etwas wie die großen braunen Augen des Hirschen - oder vielleicht auch eines Mädchens, aber schöner, als er je eines gesehen hatte. Und weißes Fell, nein, vielleicht doch weiße Haut, schimmerte durch das Wasser. Da lächelte auch jemand - also, lächeln tun Hirsche nie, das wußte er. Ein Mädchen also, die breitete die Arme aus, und nun hörte er sie auch: *Komm Hylas komm. Hier ist es besser als oben im Trocknen. Komm schnell, komm Hylas, zu mir.* Hylas beugte sich über das Wasser, da umarmte ihn die Nymphe und zog ihn hinunter.

Herakles fand eine schön gewachsene junge Esche, riß sie aus dem Boden und suchte nach Hylas, um mit ihm zurück zur Argo zu gehen. Aber er fand ihn nicht und suchte vergeblich bis zum frühen Morgen.

Inzwischen waren die Argonauten erfrischt aufgewacht, freuten sich über den günstigen Wind und setzten sofort die Segel.

„Wo steckt eigentlich Herakles?", fragte Polydeukes plötzlich. Kastor zuckte die Schultern. „Wird schon irgendwo sein." Theseus blickte überrascht auf: „Was heißt irgendwo? Die Argo ist kein Marktplatz, und Herakles ist nicht eben klein! - Herakles!", rief er, aber niemand antwortete. „Herakles! - Hylas!", riefen mehrere Männer durcheinander; Idas sah unter Deck nach. „Sie sind weg", berichtete er fassungslos. Jason gebot den Männern mit einer Handbewegung Schweigen. „Wer hat gesehen, daß Herakles und Hylas an Bord gegangen sind?" Keiner meldete sich; das Schweigen wurde beklemmend. „Hilft nichts, wir müssen zurück", meinte Tiphys sachlich. Jason nickte, aber Theseus wandte ein: „Und wenn die beiden das gar nicht wollen? Herakles hat selbst gesagt, das mit dem Ruder sei ein schlimmes Omen." Nun redeten mehrere Männer durcheinander: Ja, er habe vom Aufgeben gesprochen; nein, das sei doch nur so dahergesagt; der Zeussohn hätte sich niemals so davongestohlen; es gebe sicher einen guten Grund... Tiphys sah sich hilfesuchend nach Jason um. Der holte tief Luft und entschied: „Wir fahren weiter."

Mitten in das betretene Schweigen ätzte eine Stimme: „Jason ist der Größte, jetzt, wo Herakles weg ist." Jason fuhr herum. Telamon funkelte ihn aus schmalen Augen an. „Was soll das?", fuhr Jason auf. „Ist doch wahr", fuhr Telamon fort, „neben Herakles warst du einfach nicht so beeindruckend wie jetzt. Da fragt man sich doch, ob du den Befehl zur Abfahrt wirklich in völliger Unwissenheit gegeben hast, so ganz arglos; irgendwie nützt es dir zu sehr, als daß ich glauben kann..." „Schweig!", fauchte Jason. „Wenn du mich beschuldigen willst, tu es offen." Um Telamon hatte sich eine kleine Gruppe geschart, von denen einige seine eigenen Worte, andere die Jasons heftig benickten. Idas erinnerte, Herakles habe, als das Ruder zerbrochen war, erwogen, aufzugeben. Tiphys hielt dagegen, der Zeussohn sei immer zuverlässig gewesen.

Jason kochte vor Zorn. „Telamon!", schrie er, und die Männer schwiegen. Der Angerufene und Jason musterten einander. „Das war nicht gut", sagte Jason endlich. Telamon schwieg. „Du glaubst nicht wirklich, daß ich so etwas täte." Telamon hob die Hände: „Es passt einfach zu gut." Jason machte einen Schritt auf ihn zu und packte ihn an seinem Gewand. „Habe ich jemals einen von euch alleine gelassen?" Telamon schwieg, und Jason fuhr fort: „Meine Bedenken über die ganze Fahrt kennst du so gut wie die anderen. Glaubst du wirklich, ich hätte einen tapferen und treuen Gefährten alleingelassen?"

In diesem Augenblick rauschte es, und back-bords hob sich etwas grün Schimmerndes aus den Wellen. Die Argonauten starrten gebannt auf das struppige Rund; ein riesenhafter Kopf mit wirrem langem Haar tauchte auf. Breite Schultern folgten, und muschelbesetzte Hände mit starken, blaugrünen Fingernägeln hoben sich beschwichtigend. „Glaukos", murmelte Idmon, „Meergott Glaukos." Scheu wichen die Argonauten zurück; Jason ließ Telamons Gewand los. Die dröhnende Stimme des Gottes klang nicht unfreundlich: „Streitet euch doch nicht. Herakles hätte sich bestimmt nicht so davongestohlen, es muß also etwas Unvorhergesehenes geschehen sein. Aber ohne den Willen des Zeus wäre es nicht so gekommen. Zeus will, daß sein Sohn andere Aufgaben erfüllt als ihr. Übrigens, Hylas ist bei den Nymphen. Appetitliche Mädchen, ihr braucht euch keine Sorgen um ihn zu machen. Er wird nie wieder auftauchen." Telamon stand vor Jason wie geschlagen. „Tut mir leid", murmelte er kleinlaut. Jason straffte sich, lächelte ein wenig: „Schon gut. Ich nehme an, du hättest dich für mich ebenso eingesetzt wie für Herakles." Telamon nickte. „Also vergessen wir es."

*

Das Trinkwasser ging wieder einmal zur Neige. Sie mußten bei den Bebryken an Land gehen, einem unfreundlichen Menschenschlag, vor dem der Dolionenkönig sie gewarnt hatte. Kaum waren sie dabei, an einer Quelle Wasser zu schöpfen, kam eine Rotte von Bebryken, mitten zwischen ihnen ihr König, der ihnen schimpfend und fluchend das Wasserschöpfen verbieten wollte. „Die Quelle gehört mir, ihr Lumpen", schrie er, „hier nehmen keine dahergelaufenen Seeräuber Wasser weg." Jason trat vor und sagte ruhig: „Wir haben noch keinen Ort gesehen, an dem Wasserschöpfen nicht Gastrecht wäre. Aber wenn das hier unüblich ist, sag uns, was wir bezahlen sollen." „Ich bin König Amykos und brauche euer Geld nicht", murrte der König. „Aber jeder, der hier Wasser holen will, muß mich zuerst im Faustkampf besiegt haben. Schickt einen vor, der es wagt - oder packt euch, aber ohne Wasser." Kastors Zwillingsbruder Polydeukes trat vor, als Spartaner von Kindheit an gut trainiert und ein Meister im Faustkampf. „Laß mich machen, Jason", sagte er, „der Kerl soll haben, was er verlangt." Jason nickte, und Polydeukes schritt auf den König zu. Der ließ ihm mit Bleikugeln besetzte Lederriemen geben. Auch er selbst wickelte sich solche Riemen um Unterarme und Hände, und so gerüstet gingen die Kämpfer aufeinander los. Der König stürmte vor und schien Polydeukes zunächst überlegen. Polydeukes aber war flink und wendig und wich den gut gezielten Schlägen aus. Nebenher teilte er selbst aus, steckte allerdings auch ein, als der König die Technik seines Gegners kennenlernte. Die Bleikugeln rissen beiden tief klaffende Wunden. Der König zielte einen besonders wuchtigen Schlag gegen den Kopf des Gegners, aber Polydeukes duckte sich rechtzeitig, der König stolperte ins Leere, und Polydeukes schlug ihm so gegen die Schläfe, daß er tot zusammenbrach.

Darauf griffen die Bebryken an, waren aber den Argonauten bald unterlegen. Noch am selben Abend nahmen sie Wasser und Vieh von der Insel und opferten den Göttern. Spätere Seefahrer waren von einer großen Plage befreit: die Bebryken hatten auf diese Weise immer wieder Kämpfe angezettelt, bisher immer gewonnen und die Verlierer geplündert.

*

Mit frischem Wasser und reichlich Proviant aus den Schafherden der Bebryken ging es weiter. Ein scharfer Wind zwang sie nach Nordwesten, an die thrakische Küste; Kolchis an der asiatischen Schwarzmeerküste rückte damit wieder etwas ferner. Es blieb nichts übrig, als in Thrakien Rast zu machen, bis der Wind wechselte. Sie wollten nun den hiesigen König um Gastfreundschaft bitten, da kam ihnen ein abgemagerter Blinder an der Hand eines kleinen Jungen entgegen. Mitleidig wollte Jason ihn gerade auffordern, mit ihnen zu essen, da bemerkte er die sehr prächtigen Gewänder des Blinden, und der stellte sich als Phineus, König der Thraker, vor.

„Gerne möchte ich euch Gastfreundschaft gewähren", sagte er, „aber ich bitte euch auch um eine große Hilfe. Ich weiß, daß ihr mir helfen könnt, denn der Gott Apollo hat mir die Gabe der Hellsichtigkeit verliehen. Blind bin ich, weil Zeus mit dieser Gabe nicht einverstanden war, sie mir aber nicht nehmen konnte. So hat er mir das körperliche Sehvermögen genommen; alles, was ich klar sehe, ist die Zukunft." „Und können wir etwas tun, damit du auch die Gegenwart wieder siehst?", fragte Jason. „Das nicht", sagte Phineus mit einem kleinen Lächeln, „aber kommt mit mir, ich werde euch auf dem Weg meine Geschichte erzählen. - Die Sehergabe befähigt mich, meinen Untertanen guten Rat zu geben. Ich habe jedem, der mich darum bat, gesagt, was für Gefahren ihm drohen, und mancher konnte dadurch sein Leben retten. Das aber ging Zeus zu weit. Er ist wohl der Meinung, ich überschreite meine Kompetenzen. Jedenfalls hat er mir eine widerwärtige Plage geschickt. Wann immer ich mich zum Essen hinsetze, kommen die Harpyien, vogelähnliche Wesen, die mir die Bissen aus der Hand reißen und alles, was sie nicht bekommen können, beschmutzen. Sie kommen sogar in abgeschlossene Räume. Nie kann ich ungestört essen, und auch die Leute, die neben mir sitzen,

werden belästigt, und ihr Essen wird ver-
schmutzt." Jason schauderte, und gleichzeitig
waren er und seine Leute neugierig auf die
scheußlichen Wesen. Zwei tüchtige Schnelläufer
gab es unter ihnen, die Brüder Zetes und Kalais,
die sich zutrauten, mit den geflügelten Untieren
mitzuhalten. Söhne des Boreas nannten sie sich,
des Nordwindes, ob zu Recht oder aus Prahlerei,
wußte keiner, aber sehr schnell waren sie wirklich. Auf ihren Rat wurde für die Argonauten
und Phineus der Tisch reichlich gedeckt. Kaum
saß er, rauschte es in der Luft, und die Harpyien
kreisten über der Tafel. Die Argonauten
schauten mit Grauen, aber auch fasziniert auf
die geflügelten, scharfkralligen Hunde mit
Frauenköpfen. „Greift zu", sagte Phineus, „so-
lange ich nicht die Hand ausstrecke, um zu
essen, lassen sie euch in Ruhe." Die Argonauten
aßen sich satt und gewöhnten sich gleichzeitig
an den Anblick der ungebetenen Gäste. Dann
langte Phineus nach einem Stück Obst, und eine
Harpyie sauste im Sturzflug nieder, riß es ihm
aus der Hand und fraß es auf. Die anderen
Harpyien ließen sich auf der Tafel nieder,
fraßen sie in Kürze leer und hinterließen sie mit
den Resten ihrer Verdauung bekleckert. Nun
rannten die Boreassöhne los und griffen an. Die
Harpyien flatterten auf, da wuchsen den beiden
Männern schwarzschimmernde Flügel aus den

Fersen, und sie verfolgten die Bestien bis übers Meer, schneller durch die Luft laufend, als sie es auf dem Land je gekonnt hatten. An einer weit entfernten Küste ließen die Tiere sich erschöpft nieder. Die Boreassöhne wollten nun mit dem Schwert dreinschlagen, da erschien ihnen in einem regenbogenglänzenden Gewand die Götterbotin Iris und sagte: „Laßt die Tiere in Ruhe. Sie gehören dem Hades. Sie werden nie wieder Phineus belästigen! Übrigens, Gruß von Boreas. Ihm habt ihr die Flügel zu verdanken. Fliegt jetzt schnell zu euren Gefährten zurück, die Flügel halten nicht mehr lange."

Kaum landeten die beiden bei Phineus und seinen Gästen, schrumpften die Flügel tatsächlich in ihre Fersen zurück. Sie erzählten ihr Abenteuer, und auf die mittlerweile gereinigte Tafel wurde ein neues Mahl aufgetragen. Phineus konnte endlich wieder in Ruhe essen und trinken, und kein Spatz störte ihn dabei. Zum Dank sagte er den Argonauten, wovor sie sich besonders hüten sollten. „Zunächst hütet euch vor Ungeduld", riet er. „Wind werdet ihr in den nächsten vierzig Tagen genug haben, nur leider aus der falschen Richtung. Seid nicht unvorsichtig, versucht nicht, bei widrigem Wind bis Kolchis zu kreuzen. Wartet einfach ab, auch wenn es schwer fällt."

*

Seufzend mußten die Argonauten einwilligen, fast sechs Wochen lang zu warten. Sie vertrieben sich die Zeit mit Aufräumarbeiten, bis die Argo aussah, als habe sie eben die Werft verlassen. Jeden Abend brachten sie den Göttern von Wind und Meer reichliche Opfer. Orpheus sang Lieder von Liebe und Heldenmut, von Sehnsucht und Ungeduld und endlichem Erfolg. Dazwischen spielte er flotte Tanzweisen. Aber nach mehreren Wochen konnte selbst er die Mannschaft kaum noch zur Ruhe bringen. Endlich drehte sich der Wind, die Argo konnte fahren. Aber kaum waren sie auf offenem Meer, als die zweite vorhergesagte Schwierigkeit eintraf in Gestalt eines heftigen Sturmes. Die Männer wurden zwar nicht überrascht, aber an Land wissen, daß ein Sturm kommen wird, und sich auf dem Wasser damit herumschlagen, ist zweierlei. Unter Lebensgefahr refften sie die Segel. Rudern hatte keinen Zweck bei den haushohen Wellen. Die Argonauten hockten angstvoll unter Deck und warteten auf den Untergang. Mitten in dieser Verzagtheit griff Orpheus nach seiner Leier, präludierte kurz und begann ein Lied über die grenzenlose Schönheit des Meeres zu singen. Die Gefährten zuckten die Schultern; keiner mochte jetzt an die funkelnde

Pracht denken, die sie an ruhigen Tagen umgab. Aber Poseidon, der Herr der Meere, hörte den Gesang durch den Lärm des Sturmes, und fühlte sich geschmeichelt. Um besser lauschen zu können, beruhigte er Wind und Wellen ein wenig. Orpheus merkte, daß der Lärm nachließ, und dämpfte seine Stimme. Poseidon drosselte den Sturm weiter, und sobald der Gesang das Rauschen übertönte, drosselte wiederum Orpheus seine Stimme. „Ist das schön", seufzte Poseidon und senkte den Dreizack: der Sturm flaute zu einer steifen Brise ab. Die Männer wagten sich wieder an Deck. „Jetzt muß nur noch die Windrichtung stimmen", meinte Tiphys. Orpheus sang gerade von der orangefarben glitzernden Bahn, die Helios am Morgen auf die kräuselnden Wellen malt. Poseidon wurde sentimental. „Habt euren Willen", seufzte er. „Wind Richtung Kolchis, Stärke drei." Die Argonauten setzten die Segel. Zum Dank sang Orpheus noch ein schönes Lied vom beständigen Wind, der die Wolken vertreibt und wie eine Brücke über das Meer führt. „Ja, ja", murmelte Poseidon ergriffen. „Wird alles gemacht. Ist das schön."

*

Die Männer waren durch Phineus auf den Anblick der Symplegaden vorbereitet, aber wieder zeigte sich, daß Vorherwissen und Sehen zweierlei ist. „Zwei Klippen steuerbord voraus", rief Tiphys. „Nein, geradezu. Ich meine, backbord voraus." „Schon gut", seufzte Jason. „Die Wanderklippen. Alle Mann an Deck!" Dann faßte er zusammen: „Ihr erinnert euch, was Phineus gesagt hat. Die Wanderklippen haben keinen festen Standort, und wenn ein Schiff hindurchfährt, schnellen sie aufeinander zu und zerquetschen es. Angeblich sollen sogar ein paar Tauben des Zeus zwischen den Wanderklippen totgedrückt worden sein." Die Klippen bewegten sich zügig auf die Argo zu. „Können wir mit vollen Segeln und vierzig Rudern schnell genug sein?", fragte Idas. Die Klippen rückten näher. „Versuchen wir doch, außen herum zu fahren", schlug Lynkeus vor. „Geht nicht", meinte Jason und wies auf die Klippen, die sich mit beängstigender Geschwindigkeit näherten. „So schnell sind wir nicht." Da meldete sich Orpheus. „Ich hätte da eine Idee", sagte er schüchtern und schlug seine Leier. „Ein Schlummerlied?", wunderte sich Jason, „Ja, glaubst du, das nützt?" Aber Orpheus spielte unbeirrt weiter, bis Tiphys rief: „Sie werden langsamer!" „Die Taube", sagte Orpheus, während seine Hände weiter die Leier bearbeiteten, ohne aus dem 6/8-Takt zu geraten. „Schickt sie vor." Jason erinnerte sich an einen weiteren Rat des Phineus und holte selbst das verschreckte Tier, das der König ihnen geschenkt hatte, aus dem Käfig. „Husch!" Auf sein Scheuchen flatterte die Taube auf und flog zu den Klippen. Zum Glück war selbst der Wind eingenickt; die Argo stand fast still. Die Felsen donnerten zusammen, aber viel sanfter als sonst, weil Orpheus' Lied sie ermüdet hatte. Die Taube war schneller; sie büßte nur einige Schwanzfedern ein. Nun glitten die Felsen wieder auseinander, der Wind wachte aus seinem unzeitigen Schlaf auf und blähte die Segel, und die Argo fuhr in voller Geschwindigkeit durch. Die Männer standen alle am Bug; keinem war sehr wohl, jeder erwartete, daß zumindest das Heck zerquetscht würde. Aber Orpheus spielte ungestört weiter, ritardierte, ging zu einem neuen, noch sanfteren Schlaflied über. Die Felsen wanderten wieder aufeinander zu, zögerten aber merklich, und die Argo passierte ungehindert. Endlich ermannten sich die Wanderklippen, schlugen lustlos aneinander und beschädigten das Heck ein wenig. Argos lief hin und erklärte den Schaden für eine rein äußerliche Lappalie, seine Behebung „ein bißchen Schönheitsreparatur, zu schaffen in einer Stunde beim nächsten Landgang". Von ferne sahen die Argonauten noch, wie die Klippen träge auseinanderdrifteten und erstarrten. Sie sollten sich nie wieder bewegen.

*

Tiphys atmete auf und löste die verkrampften Hände vom Steuerruder. „Das war knapp", murmelte er und wischte sich den klebrigen Angstschweiß von der Stirn. Jason ging auf ihn zu. „Gut gemacht." Tiphys atmete auf: „Schlimmer als das da kann es nicht werden." Jason senkte den Blick. „Hör, Tiphys." Der Steuermann wartete. „Das mit den Symplegaden. Es tut mir leid." Tiphys hob eine Schulter an. „Dafür kannst du nichts. Und es ist ja auch nichts passiert." „Schon." Jason druckste. „Seit wir unterwegs sind, schlittern wir von einer Gefahr in die andere. Ich hätte die Fahrt nie antreten dürfen. Ich meine - was ist schließlich der Preis? Das Goldene Vlies, die Krone. Wenn ich auf die Krone verzichtet hätte, wäret ihr nicht ständig in Lebensgefahr." Der Steuermann lächelte ungläubig. „Und das ist alles? Jason - verzeih mir die harten Worte, aber das ist Unsinn. Erstens weiß keiner, in welchen Gefahren er wäre, wenn er nicht genau in diesen wäre - und zweitens war jedem hier bewußt, daß es kein Spaziergang wird." Jason wiegte zweifelnd den Kopf. „Danke, Tiphys. Aber wenn ich mich damit abgefunden hätte, nie König zu werden - was wäre Schlimmes geschehen? Pelias ist kein ganz schlechter Fürst, und ich wäre ja kein Bettler geworden..." „Blödsinn", brummte Idas' tiefe Stimme hinter ihm. Er war unbemerkt dazugekommen und bullerte nun: „Pelias ist ungerecht. Er hat deinen Vater in die Verbannung geschickt, und wenn er jetzt vor seinen Untertanen freundlich tut, macht ihn das nicht gerecht." Er schüttelte seine kräftige Faust: „Den erklärst du nicht für besser, als er ist."

Jason lächelte. „Vielleicht hast du recht", meinte er. „Ich möchte nur - ich wünsche - ich will, daß ihr alle am Leben bleibt." Tiphys winkte lässig ab: „An dir liegt das nicht, Jason. Die Götter bestimmen, ob wir leben oder sterben." Jason schwieg. Die Götter bestimmen - das mochte richtig sein; gern hörte er es nicht. Hatte nicht er selbst entschieden, die Argo zu bauen und nach Kolchis zu fahren? *Ja*, sagte eine kleine gehässige Stimme in seinem Kopf, *aber wer hat dich geschickt? Pelias - ein Mensch wie du. Aber Hera hat es auch geraten, und Athene, und dann denk an Poseidon, Glaukos, Iris - immer bestimmen die Götter, was geschieht.*

Die kahle Insel, an der sie wenige Tage später anlegten, paßte zu Jasons schwermütiger und unsicherer Stimmung. Der Trübsinn teilte sich

49

den anderen mit; mürrisch und schweigsam zogen sie sich früh zurück. Idmon erwachte im morgendlichen Zwielicht und ging an Bord. Am Bug stand schon Orpheus und blickte gespannt über das grau kräuselnde Wasser. Eine Schiffslänge vor ihnen erschien etwas im aufwirbelnden Wasser wie ein silberner Bogen, wie goldene Locken, fröhlich, zuversichtlich – und schwand. „Apollon", flüsterte Idmon ehrfürchtig. Ein rötlicher Streifen wurde am Horizont sichtbar.

*

Wenige Tage später liefen sie in eine Bucht unterhalb eines ragenden Berges ein. Lykos herrschte hier über die Mariandyner, zu denen Handelsleute bereits die Kunde gebracht hatten, ihr Erzfeind Amykos sei von einem jungen Faustkämpfer besiegt worden. Polydeukes wurde mit Jubel empfangen, und Orpheus nötigte man freundlich, bei dem ausgedehnten Festmahl die Abenteuer vorzutragen. Bedauernd schnalzte Lykos mit der Zunge, als er von Herakles' Weggang hörte. Der Zeussohn habe seinem Vater im Krieg geholfen, er sei ihm sehr verbunden.

Der folgende Tag sollte ganz der Ruhe gewidmet sein. Idmon suchte die Stille und ging am Flußufer entlang. Zufrieden atmete er die Waldluft, lauschte den Vögeln, deren Flug ihm heute nichts verriet. In einer Suhle wälzte sich ein Eber, ein grämlicher Silberrücken, fühlte sich durch die fremde Witterung gestört, sprang auf, stürmte auf den wachträumenden Idmon zu. Der kam kaum zum Erschrecken, ein messerscharfer Hauer schlitzte ihm den Oberschenkel auf. Idmon stürzte schreiend, der Eber machte kehrt und verschwand im Dickicht.

Idas hatte den Schrei von ferne gehört und lief ihm gemeinsam mit einigen Gefährten nach. Sie fanden Idmon bewußtlos in einer anschwellenden Blutlache liegen. Idas und Peleus folgten der Spur des Ebers, störten ihn auf, und Peleus wollte ihn mit der Lanze erlegen, verfehlte ihn aber. Gereizt stürmte das Tier auf die Männer zu und stürzte im letzten Augenblick, von Idas erlegt, nieder. Jason und Ankaios verbanden inzwischen Idmon mit abgerissenen Gewandstreifen und hoben ihn auf. Blut durchtränkte binnen kurzem den Verband – eine breite Spur bezeichnete den Weg. Sie erreichten die Flußmündung – da lag die Argo, und eine Straße führte zum nahen Palast. Der stille, zartgliedrige Mopsos stand nicht weit entfernt und schaute den Seevögeln zu, wandte sich um und stürzte zu dem Verletzten. Idmon zitterte, krampfte die Hände zusammen. „Argo -", flüstere er blaulippig. Die Gefährten hielten an und setzten ihn behutsam ab, Ankaios stützte Idmons Oberkörper, Mopsos kniete daneben. „Jason – höre..." Lippen und Augen Idmons erstarrten. Mopsos weinte.

Drei Tage lang dauerten Totenklage und Opfer. Scheue Ehrfurcht vor dem Seher wurde zur gläubigen Verehrung; ein tempelartiges Grabmal wurde am vierten Tag errichtet. Eingedenk seiner letzten Worte wurde einer der im Bauch des Schiffes ruhenden Ölbaumstämme, auf denen die Argo ins Meer geglitten war, herangeschleppt und vor dem Grab aufgepflanzt. „Ich sehe ihn grünen", flüsterte Mopsos naßäugig und lächelnd.

Fröstelnd stand Tiphys bei den Opferhandlungen, scheinbar unbeteiligt. Man fand ihn nach dem Begräbnis auf einem Lager bei Lykos; ein Arzt war um ihn beschäftigt. *„Steuerbord voraus"* waren die letzten verständlichen Worte des Fiebernden. Er starb am späten Abend.

*

Stumm kauerten die Männer neben der Argo am Meer. Der Seher tot, der Steuermann tot, der starke Herakles fort; die Fahrt schien aussichtslos. Selbst Orpheus schwieg. Nach dumpfem Erschöpfungsschlaf erwachte Ankaios als erster, witterte salzige Luft, sah den purpurnen Streifen am Horizont und rüttelte Peleus wach. „Was ist denn los?", fragte der ungehalten, und Ankaios redete auf ihn ein: „Höre, halte mich jetzt nicht für roh. Auch ich trauere um die beiden. Tiphys war mein Freund! Und Idmon ist ohne Klage gestorben! Ein Jammer, daß die Götter ihn nicht haben ausreden lassen... Aber gerade deshalb dürfen wir hier nicht herumtrödeln. Wir haben doch steuererfahrene Leute an Bord! Ich kann mich mit Tiphys nicht messen, aber ich traue mir zu, die Argo zu lenken. Oder meinetwegen wählt Euphemos, oder Nauplios, die verstehen auch einiges davon." „Und warum sagst du das mir und nicht Jason? Er hat darüber zu entscheiden, nicht ich." Verlegen gestand Ankaios: „Es ist eine Ehre, mit Jason zu fahren, und ich bin glücklich, daß er mich angenommen hat. Aber – ich traue mich nicht recht, zu ihm zu sprechen... Du kennst ihn besser, stehst ihm näher..." Peleus lächelte sparsam. „Ich soll ihm sagen, daß du gesagt hast, wir sollen fahren? Umständlich – aber ich versteh dich", schloß er mit einem Blick auf den jugendlichen Begeisterten.

*

53

Im Laufe des Vormittags überzeugte Peleus alle Gefährten; sie kehrten zum Palast zurück und verabschiedeten sich vom König, Jason mit wohlgesetzten Worten und Orpheus mit einem Gesang. Als er schloß, klang in die beeindruckte Stille hinein die jugendlich-brüchige Stimme des Prinzen Daskylos: „Ich will mitfahren." Lykos blickte voll Stolz auf seinen Sohn, dann auf Jason. „Nehmt meinen Sohn mit euch. Euch fehlen Männer, und die Argo hat einen Freund meines Landes getragen." Jason antwortete nicht sofort. Ihm fehlten Männer, und wer sich anbot, war ein verwöhnter Knabe – aber dem Gastfreund gegenüber konnte man nicht unhöflich sein. Ankaios ergriff das Wort: „Wir werden nicht gleich fahren können – wir haben Ostwind, und es sieht aus, als werde der sich noch einige Tage halten." Daskylos senkte enttäuscht den Kopf. Jason war heimlich erleichtert. „Wenn es dein Vater gestattet, komm mit uns und mach dich mit Mannschaft und Schiff vertraut, ehe wir in See stechen." Strahlend nickte der Prinz. Jason hoffte heimlich, den Jungen durch langweilige Aufgaben zu verschrecken, aber die nächsten Tage zeigten durchaus kein verwöhntes Prinzchen. Der Junge wußte schon einiges über Schiffe, stellte kluge Fragen, begriff schnell und war sich für keine schmutzige Arbeit zu schade, putzte das Deck, lernte Taue spleißen und Segel flicken und war beständig von gewinnender Freundlichkeit. Er jubelte, als endlich der Wind sich drehte.

*

Zwölf Tage später rasteten sie an der Mündung des Flusses Kallichoros. Als sie Feuer machten, erschien in den Flammen eine Gestalt wie ein gewappneter Krieger. Alle verstummten und sahen die sonderbare Erscheinung an. Weiß und grau war er wie Rauch, und rußschwarzes Blut quoll aus seiner Brust. „Wer bist du?", fragte Jason beklommen. Der Geist sprach leise und mühsam, aber verständlich: „Ich bin Sthenelos, ein Waffengefährte eures Freundes Herakles." „Wie geht es Herakles? Wo ist er?", fragten die Männer. „Passabel, er hat eine Menge zu tun, aber das ist für euch jetzt nicht wichtig. Ihr solltet das Land der Amazonen weiträumig umsegeln. Ich bin dort im Kampf gefallen." „Und Herakles?" „Hat es besser getroffen." „Und warum sollten wir es nicht wie Herakles treffen? Meinst du, wir haben keine Erfahrung mit waffentragenden Weibern?", spöttelte Theseus. „Glaubt nicht, ihr seid denen gewachsen", sagte der Geist Sthenelos tadelnd. „Ihr seid keine Zeussöhne. Und das sind keine unerfahrenen Lemnerinnen. Seit Jahrhunderten ist bei den Amazonen die kämpferische Erziehung Tradition, und zwar, merkt es euch gut, für Frauen und nur für Frauen. Sie sind erstklassige Bogenschützinnen und Fechterinnen. Männer haben bei ihnen keine Stimme und keinen Wert; sie werden, nun ja, zur Vermehrung gebraucht und im übrigen entweder, hm, entmannt und zu Küchen- und Stalldiensten abkommandiert, oder verkauft. Ich möchte euch nicht raten, dort zu landen. Es stimmt zwar nicht, daß die Amazonen keine Gefangenen machen, aber ihr habt wohl keine große Lust, eines der möglichen Männerschicksale dort zu teilen?"

Ein leiser Wind kam auf, der Geist verwehte. Das letzte, was die Argonauten von ihm sahen, war sein warnend erhobener Zeigefinger.

*

Die Helden beschlossen sehr schnell einstimmig, sie hätten es zu eilig, um bei den Amazonen vorbeizuschauen. Trotzdem konnten sie nicht ganz bis Kolchis durchfahren, sondern landeten kurz vorher an der südlichen Schwarzmeerküste, um Wasser aufzunehmen. Ihr nennt die Gegend Armenien. Hier wohnte ein Volk, das sich selbst die Chalyber, die Stahlleute, nannte. Sie kannten weder Ackerbau noch

Viehzucht, sondern importierten alles, was sie an Fleisch, Getreide und Früchten brauchten. Nicht einmal weben und nähen taten sie selber. Sie beschäftigten sich ausschließlich mit Erzabbau, Verhüttung und Schmiedekunst und verhandelten ihre einzigartigen Erzeugnisse gegen alles, was man zum Leben braucht. Die Argonauten waren bisher stolz auf ihre guten Waffen und Rüstungen gewesen, aber als sie die feinen, biegsamen Klingen der chalybischen Waffen sahen, die anschmiegsamen Kettenhemden, die mit dünngewalztem Stahlblech gestärkten Schilde, waren sie bereit, die im Bauch der Argo mitgeführten Hammel und Nahrungsmittel einzutauschen - Kolchis war ja nah, und sie mußten nicht mehr so haushalten. Die Chalyber nahmen auch ihre alten Waffen in Zahlung, um sie später zu gehärtetem Stahl zu verarbeiten. Besser denn je gerüstet, reisten die Argonauten ab.

Am nächsten Morgen kreiste ein unbekannter, riesiger schwarzer Vogel über der Argo. Eine Feder schwebte nicht auf dem Wind, wie Federn sonst tun, sondern raste wie vom Bogen geschossen hinunter und traf Ankaios an der Schulter. Der schrie entsetzt auf: er fühlte etwas wie eine Pfeilwunde. Einer der Gefährten legte mit Pfeil und Bogen auf den Vogel an und holte ihn glücklich herunter. Schnabel, Krallen und Federn waren aus Eisen. Während sie den Steuermann verbanden, der zum Glück mit einer Fleischwunde davongekommen war, griffen weitere Vögel dieser mörderischen Art an. Bald merkten die Krieger, daß diese Tiere ihre Federn nicht einfach verloren, sondern wie Pfeile abschossen. Die neuen Schilde waren der einzige Schutz. Unter seinem Schild verborgen, sagte Theseus zu Jason: „Wir hätten daran denken sollen; Phineus hat uns gewarnt. Die kleine Insel da drüben muß Dia sein, mit dem Sumpfgebiet Stymphalos, das beherbergt dies Ungeziefer." Die Stymphaliden schossen noch eine Zeitlang Federn ab, die an den guten chalybischen Schilden abprallten und an Deck herumlagen. Dann merkten sie, daß hier keine Beute zu machen war und sie ihr Gefieder nur vergeudeten, und flogen zurück. Die Männer sammelten die Federn ein und ankerten abends vor der Insel. Immer noch vorsichtig, mit erhobenen Schilden, gingen sie an Land. Dort kamen vier abgerissene, magere jugendliche Männer auf sie zu und baten um Essen und, wenn möglich, eine Mitfahrgelegenheit. Sie seien vor Monaten als Schiffbrüchige hier gelandet und haben sich tagsüber vor den Stymphaliden verstecken müssen und nur nachts auf Nahrungssuche gehen können. Jason nahm die vier freundlich auf, versorgte sie mit Essen und Kleidern und bat sie: „Sagt mir, wer ihr seid und wie ihr hierher gelangt seid." „Wir sind aus Kolchis", sagte einer, „unser Großvater ist König Aietes. Unser Vater war ein Fremder namens Phrixos. Er hat uns auf dem Sterbebett gesagt, wir sollten nach Orchomenos fahren und von unserem anderen Großvater, dem König Athamas, unser Erbe fordern. Dies ist Kytissoros, hier Phrontis, dort Melas, und ich heiße Argos." Der alte Schiffbauer grüßte fröhlich zu dem jungen Prinzen herüber: „Mein Name, Junge." „So ein Zufall", staunte Jason, „wir sind auf dem Weg zu König Aietes. Er hat ja wohl immer noch das goldene Vlies?" „Wie denn nicht", sagte der Wortführer, „der Drache bewacht es ja noch immer." Orpheus erzählte den vier nun die Geschichte der Argonauten. Die Männer freuten sich sehr und baten, sie mitzunehmen. Die Lust, König Athamas zu besuchen, war ihnen vorerst vergangen.

Die Argonauten waren recht froh über vier Mitfahrer, denn sie hatten vier Ruderleute verloren: einen im Kampf gegen die Dolionen, dann Herakles und Hylas, und einer war bei den Bebryken gefallen. Auch Holz für ein neues Ru- der - Herakles hatte seines ja nicht ersetzen können - fand sich auf der Insel.

*

Der Wind war am anderen Morgen günstig, und bald sahen sie die schneebedeckten Gipfel des Kaukasus. Dort flog der Adler des Zeus an ihnen vorbei zu Prometheus, der einst die Menschen gemacht und ihnen das Feuer gebracht hatte und von Zeus bestraft worden war. Er hing noch immer angekettet am Kaukasus. Sie hörten von ferne seine Schreie, als der Adler nach seiner Leber hackte, aber helfen konnten sie hier nicht - das sollte später Herakles tun.

An der Mündung des Phasis (des Rioni, wie ihr sagt), der Kolchis von Kleinasien trennt, refften sie die Segel und ruderten stromaufwärts, backbords den Kaukasus, steuerbords den Hain des Ares mit dem Goldenen Vlies. Jason brachte der Gaia ein Trankopfer dar, dankte für die glückliche Ankunft und flehte um ihre Gunst. Sie vertäuten die Argo im Schilf und übernachteten im weichen Gras.

Unbemerkt von Göttern und Menschen traten Hera und Athene neben die schlafenden Helden. „Offengestanden", begann die hohe Göttin, „sind mir die Einfälle ausgegangen. Die Männer haben sich bisher nicht eben umsichtig gezeigt. Bist für kluge Gedanken nicht du zuständig?" Athene senkte verlegen den Kopf. „Klugheit kommt nur an, wo Menschen aufnahmebereit sind", meinte sie. „Hat jemand kein Gehör für mich, kann ich ihm viel sagen – es führt zu nichts." „Was heißt das?", fragte Hera, eine Spur ungeduldig, „Jasons Herz ist erprobt, er ist ein vortrefflicher Mensch..." „Ich zweifle nicht an seinem Herzen", gab Athene schnippisch zur Antwort, „sondern an seinem Verstand. Aber da du das Herz erwähnst, könnten wir vielleicht Aphrodites Hilfe einbeziehen. Darum solltest allerdings du dich kümmern, ich verstehe mich nicht mit ihr."

Am anderen Morgen schlug Jason vor, eine Abordnung zu König Aietes zu schicken. Ihr sollten die Phrixossöhne angehören, Jason selbst und zwei weitere der Argonauten. Die anderen sollten das Schiff bewachen. Unbewaffnet und zum Friedenszeichen mit Olivenlaub geschmückt, gingen sie zum Palast. Es war ein verschwenderisch prächtiger Bau, an dem der Gott der Schmiedekunst, Hephaistos, mitgewirkt hatte. Zwei zierliche Nebengebäude standen dabei, eines das Heim der Königstochter Chalkiope, der Witwe des Phrixos, das andere die Wohnung ihrer jüngeren Schwester Medea. Medea war eine schöne, aber mürrische junge Frau, ärgerte sich ständig über ihre Familie, betrieb zum Zeitvertreib schwarze Magie und opferte der Hekate, der strengen Herrin der Unterwelt. Sie sah die Abordnung mit ihren Neffen ohne großes Erstaunen, da sie nicht schlecht hellsehen konnte, und musterte die Männer abschätzig. Nun trat auch Chalkiope aus dem Schloß, sah ihre Söhne und fiel ihnen um den Hals. Das Orakel hatte ihr zwar mehrmals gesagt, sie seien am Leben und kämen bald, aber so ganz hatte sie es nie geglaubt. Aietes richtete den Rettern seiner Enkel ein Festmahl aus. Nach dem Mahl trat Jason vor den König, dankte für die Gastfreundschaft, stellte sich vor und erklärte den Grund seiner Reise. Aietes wurde unruhig. Er wiederholte: „Also, dein Onkel ist Thronräuber, dein Vater tot, du mithin rechtmäßiger König von Jolkos, und um deinen Onkel dazu zu bringen, dir den Thron zu überlassen, sollst du ihm das Goldene Vlies bringen." „So ist es", sagte Jason bescheiden, „aber ich habe nicht vor, es zu rauben. Du hast es ja Ares geweiht, also ist es nicht mehr in deinem Besitz. Erlaube mir nun, in den heiligen Hain zu gehen und Ares um das Goldene Vlies zu bitten." Aietes grübelte. Jason konnte von dem Orakelspruch nicht wissen, der ihm gesagt hatte, seine Herrschaft hinge am Verbleib des Goldenen Vlieses in Kolchis. Er konnte also kein Thronräuber sein, sondern war vermutlich ehrlich und mußte nach Gastrecht behandelt werden. Aber Bedingungen konnte man stellen!

„Da du meine Enkel gerettet hast, gestatte ich dir Zutritt zum Heiligtum des Ares. Den Kampf mit dem Drachen kann ich dir nicht abnehmen, ohne den Gott zu beleidigen. Aber ehe du würdig bist, das Heiligtum zu betreten, mußt du noch eine kleine Aufgabe bewältigen. Auf dem Feld des Ares sind zwei eiserne feuerschnaubende Stiere, Werke des Hephaistos. Mit denen mußt du pflügen. In die Furchen säst du Drachenzähne - der Wächter verliert ab und zu welche, ich werde dir welche geben. Was daraus wächst, mußt du ernten. Dann erst darfst du den Hain betreten." Jason zögerte, aber Medea sah so unglaublich spöttisch drein, daß er einschlug.

*

Die Gefährten sorgten sich, als Jason von der Bedingung erzählte. „Du hättest nie darauf eingehen dürfen", sagte mancher. Aber Jason hob die Schultern: „Und weggehen, ohne das Goldene Vlies auch nur gesehen zu haben?" Abends ging er noch einmal den Weg zum Schloß hinauf. Auf der Höhe des Hekatetempels kam ihm Medea entgegen. Er grüßte sie höflich und machte ihr ein Kompliment über ihr

Aussehen. Sie lächelte süffisant. „Und was soll ich für dich tun? Denn umsonst machst du doch wohl keine Komplimente?" „Kannst du denn etwas für mich tun?", fragte Jason vorsichtig. „Ob ichs will, ist die einzige Frage", erwiderte sie. In etwas umgänglicherem Ton fuhr sie fort: Wirklich helfen könne hier nur Hekate, aber sie wisse immerhin, unter welchen Umständen. Er solle heute nacht der Göttin einen schwarzen Hund und ein schwarzes Lamm opfern, dazu Milch und Honig. „Geh zum Schiff, und morgen früh reibe dich und deine Waffen mit dieser Salbe ein." Sie reichte ihm ein Döschen mit einer dunklen, scharf riechenden Paste. „Das hier macht dich unverwundbar und die Waffen unzerstörbar für einen Tag. Sei sparsam, aber vergiß es auch nicht." Jason dankte Medea, und sie riet ihm, nach der Probe wieder zum Hekatetempel zu kommen. „Ach übrigens, die Drachensaat", sagte sie noch im Weggehen, „wundere dich nicht allzusehr, es werden Krieger." „Bitte?" fragte Jason, der nicht recht gehört zu haben glaubte. „Krieger", wiederholte Medea ungeduldig, „gerüstete Soldaten. Sie wachsen schnell. Wirf mit Steinen." Dann ging sie ohne ein weiteres Wort zum Schloß.

Schlaflos ging Medea auf und ab, wollte ihre Schwester einweihen, stand schon an ihrer Tür, machte kehrt und öffnete, zurück in ihrem Zimmer, einen dunkelgebeizten Kasten. Versiegelte Fläschchen standen dicht an dicht darin, aber Salböl enthielten sie nicht. Sie berührte jedes Fläschchen zärtlich, murmelte dabei vor sich hin: „Das muß uralt sein, wirkt vielleicht nicht mehr. Das geht schnell, tut aber weh. Hier vielleicht, das macht noch einmal gute Träume. Oder das hier – aber vielleicht lieber doch das..."

Die Öllampe verlosch plötzlich, und purpurnes Licht erfüllte den Raum – Hekate stand vor ihr. „Du willst also sterben", bemerkte die Göttin kühl. „Darf ich fragen, warum?" Medea kniete nieder und bedeckte ihr Gesicht mit beiden Händen. „Ich habe diesem Fremden geholfen, Herrin. Er ist schrecklich, und ich will nicht mehr leben." „So, so. Er ist schrecklich, und du willst nicht mehr leben, und ich soll auf eine ausgezeichnete Priesterin verzichten. Bist du von Sinnen, Tochter?" „Ja", schluchzte Medea und blickte auf. Die Göttin hob ihr mit dem Zeigefinger das Kinn an: „Tochter, lass es. Ich habe noch Großes mit dir vor. Mach das Kästchen zu, ja, so ists gut, und das Zeug vorne links kannst du bei Gelegenheit wegwerfen, es taugt nichts. Du lebe und tu deine Arbeit."

Hekate verschwand, die Öllampe flammte
wieder auf.

*

Bei Sonnenaufgang rieb Jason sich mit der Salbe
ein, fettete auch Schwert und Schild damit und
zog vorsichtig die Hand über die Klinge. Es gab
keinen Kratzer. Dann schlug er einen Stein auf
die Klinge, und sie wurde nicht schartig.
Zuversichtlich ging er zu Aietes. Kastor und
Polydeukes, Lynkeus und Idas begleiteten ihn.
Aietes empfing sie mit herrschaftlicher Miene
und überreichte den Gefährten fünf mit
Drachenzähnen gefüllte Helme. Damit gingen
sie zum Feld des Ares. Ein Joch und eine
Pflugschar standen bereit. Plötzlich quoll Rauch
aus einer Höhle neben dem Feld, und die
eisernen Stiere stürzten auf die Männer los.
Jason hielt den Schild hoch und brüllte den
Freunden zu, sie sollten Abstand nehmen. Die
Stiere rannten Jason fast um, aber im letzten
Augenblick ließ er sich fallen und rollte zur
Seite, sprang wieder auf und packte einen der
Stiere, der wieder auf ihn losstürmte, bei den
Hörnern. Das Feuer benahm ihm den Atem, aber
es konnte ihn nicht verbrennen. Er ließ die Hör-
ner nicht los, aber der Stier schüttelte den Kopf,
daß Jason hin- und hergeschleudert wurde. Der
andere Stier versuchte von der gleichen Seite,

Jason umzurennen. Da sprangen die Zwillinge den ersten, Idas und Lynkeus den anderen Stier von hinten an, waren so außer Reichweite der Flammen, und Jason konnte nun den ersten Stier niederwerfen und ins Joch zwingen. Kastor und Polydeukes stürzten sich nun auf die Flanken des anderen Stieres, dem Idas und Lynkeus bereits zu schaffen machten, und Jason schloß die andere Hälfte des Joches um seinen Kopf. Nun bat er die Freunde, möglichst außer Reichweite zu gehen, spannte die Stiere an und pflügte das Feld. Dann ließ er sie frei, und sie liefen, ohne zurückzusehen, in ihre Höhle. Nun säten die Gefährten die Drachenzähne, holten mit den Helmen Wasser aus einem nahen Bach und begossen die Saat. Am späten Nachmittag sprossen die ersten Helmbüsche aus dem Boden, und gegen Abend stand ein Heer auf dem Feld, löste die Füße von der Erde und marschierte auf Jason los. Lynkeus wollte angreifen, aber Jason erinnerte sich an Medea und warf einen Stein in die Menge. Die kurzsichtigen Krieger erkannten nicht, wer geworfen hatte, beschuldigten einander und gingen aufeinander los. Die Gefährten begriffen und warfen weitere Steine zwischen die Haudegen. Eine wüste Schlacht begann, und bald hatten die Krieger einander niedergemacht. Jason sammelte die Helmbüsche ein und brachte sie zu Aietes. „Die Ernte", sagte er kurz. „Morgen gehe ich in den Hain."

*

Während die Argonauten Jasons Sieg feierten, saß der König mit seinen Beratern im Schloß und überlegte, wie er sie loswerden könne. Umbringen konnte er den Retter seiner Enkel nicht, das Versprechen, den heiligen Hain betreten zu dürfen und womöglich das Goldene Vlies von Ares zu erbitten, ließ sich nicht zurücknehmen. Aber ein Minister hatte einen brauchbaren Plan.

„Wenn dein Sohn angreift, hast du das Gastrecht nicht verletzt. Und der Grund für den Angriff ist nicht die Sache mit dem Goldenen Vlies. Davon wissen wir nichts. Wir halten sie für Seeräuber."

Medea aber sah und hörte die Versammlung durch ihre Zauberkunst, als ob sie dabei säße. Sie ging zur Argo hinunter und baute sich vor Jason auf. „Ihr feiert, als ob ihr nicht wüßtet, daß da noch ein Drache zu besiegen ist. Hekates Opfer hast du diesen Abend vergessen, nun ist es zu spät. Unter diesen Umständen wäre meine Salbe unwirksam. Ich habe zwar ein Schlafmittel für den Drachen, aber das muß ich ihm in die Augen tropfen. Da muß ich erst einmal herankommen." Jason schwieg peinlich berührt. Orpheus aber sagte bedächtig: „Ich kann immerhin versuchen, ihn zu beruhigen." „Musik ist nicht das schlechteste Zaubermittel", meinte Medea. „Es ist den Versuch wert. Aber es gibt noch eine weitere Schwierigkeit. Mein Bruder Apsyrtos will euch angreifen." Nun erzählte sie den Plan des Königs und riet, die Argo so schnell wie möglich stromaufwärts zu rudern und sie am Hain des Ares im Schilf zu verbergen. Jason, Medea und Orpheus gingen inzwischen den kürzeren Weg zu Fuß zum Hain. Das Goldene Vlies schimmerte von weitem durch die Bäume und erhellte den Hain.

Am Rande der Lichtung blieben sie stehen. Ein giftig grüner, leise qualmender Hügel lag vor dem Vlies. Plötzlich stieß aus dem Hügel ein echsenähnlicher Kopf auf langem, schuppigem Hals vor und spie eine weiße Stichflamme nach den Menschen. Die drei sprangen hastig zur Seite. Aber gleich darauf begann Orpheus ein Präludium auf der Leier und sang ein zartes, sanftes Wiegenlied. Der Drache legte den Kopf schief und musterte die Menschen aus senkrechten roten Pupillen. Grüner Sabber troff ihm von den Lefzen, und aus den kindskopfgroßen Nüstern qualmte es bläulich. Jason schauderte.

„Angst vor Echsen?", spottete Medea. Jason reckte sich und versuchte, sich eine der flinken kleinen Eidechsen vorzustellen, die auf den heißen Gartenmauern jagten. Orpheus spielte ungestört weiter. Der Drache schloß die Augen halb und legte den Kopf auf das Gras. Immer träumerischer und süßer klang das Lied, und bald hatte der Drache die Augen geschlossen und atmete ruhiger. Medea ging auf ihn zu, faßte mit Daumen und Zeigefinger einen Lidrand und zog ihn hoch. Orpheus' Stimme zitterte ein wenig, aber er hatte sich gleich wieder in der Gewalt und sang konzentriert weiter. Der Drache schnarchte nur kurz auf, als Medea ihm einige Tropfen aus einem Fläschchen ins Auge träufelte. Dann ging sie um die lange Schnauze herum zum anderen Auge und träufelte auch hier die Schlaftropfen ein. „Sing weiter", bat sie, „es wirkt nicht sofort." Aber nach wenigen Minuten sahen die drei, wie der Drache vollkommen erschlaffte und nur noch ganz leise atmete. „Es schadet ihm nicht wirklich", sagte Medea, „er wird morgen wieder ganz munter sein." Es klang, als tue das Ungeheuer ihr leid.

Jason durchschnitt die Stricke, mit denen das Vlies angebunden war. Es leuchtete ihnen wie eine Lampe auf dem Weg zur Argo. „Ich weiß nicht, wie ich dir danken soll", sagte er zu Medea. „Ich werde mit nach Hellas kommen", sagte sie. Es klang wie etwas zwischen Feststellung und Befehl. Jason widersetzte sich nicht.

Inzwischen hatten Apsyrtos und die Krieger von Kolchis den Lagerplatz leer gefunden und durchsuchten die Umgebung. Dann merkten sie, daß auch Medea fort war. Aietes ging zum heiligen Hain und sah den Drachen in tiefer Ohnmacht daliegen. Nun wurden Suchkommandos ausgesandt, aber unterdessen hatten sich die Argonauten so in die Riemen gelegt, daß sie schon an der Flußmündung waren und die Segel setzen konnten. Mit günstigem Wind fuhren sie nach Westen. An der Mündung des Halys rasteten sie und nahmen Wasser auf. Medea opferte der Hekate. Bevor sie wieder losfuhren, rief sie die Männer zusammen: „Hekate spricht, ihr sollt nicht durch den Bosporos fahren. Zur Mündung des Istros müßt ihr." Nun trauten die meisten Männer zwar weder Medea noch Hekate weit über den Weg, aber es fiel ihnen wieder ein, daß Phineus von einer wichtigen Entscheidung am Istros gesprochen hatte. Dabei entstand beinahe Streit über die Eigenart des Istros; Idas war vollkommen sicher, er entspringe in den Rhipaiischen Bergen, teile sich jenseits des Skythenlandes und fließe dann einerseits in das Schwarze, andererseits in das Trinakrische Meer (ihr nennt es die Adria). Ankaios nannte das Unfug, Lynkeus unterstützte seinen Bruder. „Selbst wenn es stimmen sollte", seufzte Ankaios, „ich werde nicht den Istros entlangfahren. Es wäre ein Umweg."

Sie segelten am Bosporos vorbei und die Schwarzmeerküste entlang bis zu der großen Flußmündung, die ihr das Donaudelta nennt. Zwei schlanke Landzungen umgaben eine Handvoll Inselchen vor der Mündung und ließen einen schmalen Durchgang. Fremde Schiffe waren davor festgemacht, eine Flotte - und näherkommend, schien sie so fremd doch nicht. Zu spät merkten die Argonauten, wen sie vor sich hatten. Die Kolchier waren ohne Pause gesegelt und vor ihnen am Istros gelandet.

Apsyrtos war ein aufbrausender, aber gerechter und im Innersten friedliebender Mensch. Als Jason Verhandlungen vorschlug, willigte er ein, und als Jason ihm erklärte, was zwischen ihm und Aietes ausgemacht worden war, und warum er das goldene Vlies nun einmal brauchte, gab der Königssohn ihm recht. Allerdings wollte er seine Schwester unbedingt zurück nach Kolchis bringen. Jason beteuerte, Medea sei freiwillig mit ihm gegangen. „Ich kenne meine Schwester und glaube dir", sagte der Prinz, „aber sie hat über ihren Aufenthalt nicht zu entscheiden. Ich weiß nicht, wie ihr Hellenen das haltet, aber bei uns haben Mädchen sich unterzuordnen." Jason war nicht wirklich unglücklich, Medea loszuwerden. Zwar hatte er sein Wort halten wollen, aber ihm graute heimlich vor Hekates Verehrerin. Die aber hörte seinen und ihres Bruders Beschluß und schrie Jason an: „Ich will nach Jolkos! Und wenn du meinen sauberen Bruder nicht beseitigst, so verbrenne ich dein schönes Schiff und dich und deine Genossen auch. Hekate gibt mir die Macht dazu."

Jason zweifelte nicht an ihren Worten. Er erwog, daß er entweder Apsyrtos oder seine Mitstreiter auf dem Gewissen hätte. Auf Medeas Rat fuhr er die kleine Insel der Artemis an. Medea trat in den Tempel der Göttin, Jason barg sich hinter einer Säule. Wie er befohlen hatte, näherten sich die Argonauten wieder den Kolchiern und meldeten dem Prinzen, er könne seine Schwester am Heiligtum der Artemis abholen. Die Argo und das Schiff des Prinzen legten zugleich an der Insel an. Die Argonauten warteten an Bord, und auch Apsyrtos untersagte seinen Männern aus Scheu vor der Göttin, die Insel zu betreten. Jason wartete, bis er mit ehrfürchtig erhobenen Händen die durch ein Wäldchen vom Ufer abgeschirmten Tempelstufen betrat, sprang auf ihn zu und rammte ihm seinen Dolch in die Brust. Ohne Laut stürzte Apsyrtos hintenüber; Jason fiel auf ihn, lag Brust an Brust über dem Prinzen, nur vom Knauf des Dolches von ihm getrennt. Mit Grauen und Genugtuung beobachtete Medea vom Tempeleingang, wie Jason sich mit einer Hand aufstützte, die Waffe aus dem Leichnam zog und sich wie zum Kuß über ihn beugte, das Blut auf den Boden spie, wieder und wieder, sich aufrichtete, sich ihr zuwandte mit hochroten Lippen, Blut am Kinn, auf der nackten Brust ein blaurotes Druckmal, die Rechte um den Dolch gekrampft. Sie stürzte zu ihm, griff nach seiner Linken und zerrte ihn vorwärts. Er kam zu sich, und sie flohen zur Argo.

Jason ließ alle Segel setzen, und weit schneller als das prinzliche Schiff fuhren sie durch die Flotte der verdutzten Kolchier aufs Meer. Die kamen zu spät darauf, die Verfolgung aufzunehmen, denn sie glaubten ja, die Argonauten seien Freunde geworden. Warum ihr Herr gestorben war, erfuhren sie nie.

*

Ein plötzlicher, heftiger Sturm trieb die Verfolger zurück zum Delta des Istros und warf die Argo so unbarmherzig herum, daß Orpheus sein Instrument nicht halten konnte. Und wieder sprach der Bug: „Jason, Medea, Blutschuld habt ihr auf euch geladen. Keine glückliche Fahrt werdet ihr haben, ehe ihr von der Sonnentochter Kirke entsühnt seid." Aber weder das Schiff noch Medea, die beleidigt unter Deck saß, verrieten, wo sich die Schwester des Aietes aufhielt. Bei ständig widrigem Wind und plötzlichen Stürmen, hungrig und durstig fuhren sie wieder durch Bosporos und Hellespont, vorbei an ihrer Heimat, um die Insel Sicilia herum und weit nach Nordwesten, bis sie endlich eher zufällig auf Kirkes Insel ankamen - eines der Inselchen vor der Bucht, die ihr Golf von Salerno nennt.

Kirke hatte schwer geträumt – halb war ihr Haus in Blut versunken, Flammen hatten ihre zauberischen Schriften und Tränke gefressen, knietief war sie im Blut gewatet, hatte es zum Löschen mit bloßen Händen auf die Flammen geschöpft. Im Wachen graute ihr vor dem Alp; knietief stand sie im fressenden Salzwasser und wusch sich das brennende Gesicht. Als sie aufsah, legte die Argo dicht vor ihr an. Sie trat

aus dem Wasser, brachte ihr hochgeschürztes
Gewand in Ordnung und grüßte freundlich.

Jason und Medea stellten sich als arme
Fremdlinge bei Kirke vor und baten um Ent-
sühnung von einer Blutschuld, sagten aber
nicht, wer sie waren. Die Zauberin vollzog das
Reinigungsopfer und lud die beiden zu Gast.
Nun aber schaute sie Medea richtig an und
erkannte die Ähnlichkeit mit Aietes. Bald hatte
sie die Wahrheit aus Jason herausgefragt.
Zornig warf sie die beiden hinaus, ohne sie vor
irgendeiner der kommenden Gefahren zu
warnen.

Auf dem Rückweg kamen sie dem Felsen der
Sirenen nahe. Vogelähnliche Wesen mit lieb-
lichen Mädchenköpfen waren das, die so wundervoll sangen, daß alle, die es hörten, ihr Schiff
am Felsen auflaufen ließen, nur um diesen
Klängen nahe zu sein. Morsche Planken
dümpelten um den Sirenenfelsen, und die
Überreste ertrunkener Seefahrer hatten sich an
einzelnen Vorsprüngen dicht über der
Wasseroberfläche gefangen. Aber keinen der
Argonauten graute es, so bezaubert waren alle
von dem Gesang.

Orpheus, der mit größerem Sachverstand
lauschte als die anderen, versuchte, die

Melodien nachzuspielen. Er geriet in eine musikalische Schwärmerei und spielte Phantasien über die Sirenenlieder, sang selbst dazu und wandelte die Melodien nicht nur ab, sondern schuf neue. Die Sirenen schwiegen verdutzt: das hatten sie noch nie erlebt. Sofort wurden die Männer wieder klar im Kopf, und während Orpheus weiter sang, brachten sie die Argo wieder auf den richtigen Kurs.

Nun wollten sie zwischen der südlichen Spitze des Landes der Italer und dem sicilischen Nordufer hindurch. Hier lauerten zwei riesige Meerunholdinnen. Skylla wirbelte das Wasser zu gefährlichen Strudeln, und Charybdis sog es an und verschluckte ganze Schiffe. Die Durchfahrt zwischen beiden war so schmal, daß ohne Orpheus nur die Wahl zwischen der einen oder der anderen Todesart geblieben wäre. Der aber griff wieder zur Leier und spielte eine Melodie, die dem Gurgeln und Rauschen des Meeres glich, dann aber langsamer und ruhiger wurde und in ein sanft murmelndes Lied überging. Die Unholdinnen konnten sich dem Zauber des Liedes nicht entziehen: Skylla produzierte nur noch niedliche Wellchen, und der Sog der Charybdis war eher neckisch als bedrohlich.

*

77

Eine fruchtbare Insel lud sie zur Rast. Alkinoos, König der Phäaken, nahm sie freundlich auf. Aber während sie noch die Ruhe und Gastfreundschaft genossen, legten auch die Kolchier hier an. König Aietes hatte sie sofort wieder hinter den Argonauten hergeschickt, als sie ohne seinen Sohn nach Hause gekommen waren. Sie sprachen nicht ohne drohenden Unterton bei Alkinoos vor, er solle Medea ausliefern. Der aber wollte seine Gastfreunde nicht verraten und bat Jason und Medea zu sich. Neben Alkinoos saß seine Gemahlin Arete, noch immer schön mit weißgesträhntem Haar und Augenfältchen. An sie wandte Medea sich mit angstvoller Stimme: Nicht aus Habgier, aus Liebe sei sie mit Jason geflohen, und nun fürchte sie, für diesen Frevel mit dem Leben bezahlen zu müssen. Arete streichelte der Knienden über das Haar, und Alkinoos fragte vorsichtig: „Aus Liebe? Bist du denn bereits, nun ja, Frau? Oder noch – Mädchen?" Medea antwortete mit einer wohldosierten Mischung aus Trotz und Empörung, sie habe sich zu bewahren gewußt. Der König zog eine bedenkliche Miene und befand, als Mädchen stehe sie unter dem Recht ihres Vaters. Arete griff nach seiner Hand. „Lieber, es ist spät. Triff heute keine schwere Entscheidung mehr."

In der Nacht drängte Arete sich mit jugendlicher Zärtlichkeit an ihren Gemahl. „Alkinoos." Er seufzte wohlig. „Du mußt das Mädchen nicht nach Kolchis schicken." Sie küßte seinen Nacken. „Es gibt ein ganz einfaches Mittel."

Am anderen Morgen ließ Alkinoos seine Gäste wieder vor sich kommen. „Wenn ihr jetzt gleich heiratet", sagte er, „haben die Kolchier kein Recht mehr auf Medea. Ich kann euch jetzt eine Hochzeit ausrichten." Jason hatte zwar weniger Lust denn je, diese seltsame Frau zu ehelichen, aber das mochte er seinem Gastgeber nicht erklären. Medea sah zwar keineswegs wie eine glückliche Braut aus, aber sie war eine praktisch denkende Frau und stimmte zu. So heirateten sie, Medea, um ihrem Vater zu entfliehen, und Jason um des lieben Friedens willen.

*

Die Männer sehnten sich alle nach Hause und begingen aus Ungeduld einen schweren Fehler. Statt auf günstigen Wind zu warten, versuchten sie, vor dem Wind zu kreuzen. Das ging eine Weile gut, aber als der Wind immer heftiger wurde, konnten sie den Kurs nicht mehr halten. Der Wind steigerte sich zu einem mehrtägigen Sturm. Endlich saßen sie mit einem Ruck auf Grund. Sie glaubten, auf einer riesigen

Sandbank festzusitzen. Bald aber stellten sie fest, daß das wegfließende Wasser immer mehr und mehr Sand sehen ließ und Knochen von Landtieren darauf. Es dauerte noch eine Weile, bis sie erkannten, daß eine riesige Welle sie bis in die libysche Wüste gespült hatte. Nun, da der Sturm abgeflaut war, saßen sie weit im Landesinneren fest. Es blieb ihnen nichts übrig, als die Argo zum Meer zu tragen – die Walzen vom Stapellauf waren auf dem weichen Sandboden unbrauchbar. Die wenigen Oasen bestanden nur aus einigen staubigen Palmen und einem sickernden Rinnsal. Ausgedörrt und entkräftet fanden sie endlich, schon in Küstennähe, eine von fruchtbeladenen Palmen umgebene Quelle.

Gestärkt erreichten sie nach zwölftägiger Arbeit das Meer. Schon hatten einige die Walzen der Argo in das seichte Wasser gelegt und andere das Schiff darauf abgesetzt, da hörten sie Mopsos aufschreien. Er war auf eine Schlange getreten, die sich um seinen Knöchel wand und zubiß. Binnen weniger Augenblicke war er aschfahl und konnte nicht mehr sprechen. Sie begruben ihn noch am selben Vormittag im heißen Sand.

*

Endlich gelangten sie nach Korinth. Auf einer Anhöhe lag das Heiligtum des Poseidon. Wieder schulterten sie die Argo, trugen sie hinauf und weihten sie dem Meergott. Nach einer wehmütigen Abschiedsfeier trennten sie sich, und jeder ging in seine Heimat zurück. Keiner hatte mehr Lust, jemals ein Schiff zu besteigen.

Jason brachte das Goldene Vlies zu seinem Onkel Pelias. Der war alt und müde geworden und hatte seine Abrede mit Jason völlig vergessen, wie er auch vergessen hatte, daß Jason der rechtmäßige Thronerbe war. Er freute sich über das Goldene Vlies, weil es schön war und leuchtete, aber er begriff nicht, was Jason wollte. Er lud ihn sogar ein zum Dank für das schöne Geschenk. Jason war außer sich; die ganze Fahrt war sinnlos, wenn er nun nicht den Thron einnehmen konnte. Medea aber versprach, ihm zu helfen.

Sie machte sich an die beiden Töchter des Pelias heran, zeigte und erklärte ihnen einige kleine Zauberkunststücke und versprach, sie alles zu lehren. Die Mädchen hielten die harmlosen Tricks für große Zauberei und waren begierig nach mehr. Medea sagte, sie sorge sich um Pelias, der so vorzeitig gealtert sei. Ob sie lernen wollten, wie sie ihn wieder jung machen könnten? Selbstverständlich wollten sie! „Holt mir das älteste und schwächste Tier aus dem Schafstall", forderte Medea. Vor den Augen der Mädchen schlachtete sie den altersschwachen Hammel, zerteilte ihn und warf ihn in einen Kessel mit kochendem Wasser. Dann sprach sie einige Formeln über dem Kessel, und ein hübscher junger Schafbock sprang aus dem Wasser. „So geht das", sagte sie, „die Formel bringe ich euch gerne bei." Die Mädchen ließen sich betören und plapperten die Formel nach, bis sie sie auswendig wußten. In der folgenden Nacht erstachen sie ihren Vater, zerteilten seinen Körper und warfen ihn in den Kessel. Aber so oft und dringlich sie die Beschwörung auch wiederholten, die Teile setzten sich nicht wieder zusammen.

Das Orakel hatte recht behalten: zum Verhängnis war Pelias ein Mann mit nur einem Schuh geworden. Aber Jason hatte keinen Nutzen davon; die Königskinder ließen ihn verfolgen, und er mußte mit Medea nach Korinth fliehen.

*

König Kreon von Korinth nahm die beiden auf, und Jason wurde sein enger Vertrauter. Medea lebte in der aus Kindertagen gewohnten Wohlhabenheit. Sie hatten zwei Söhne und waren angesehene Leute - aber sie verachteten einander. Schließlich verliebte Jason sich in Kreons Tochter Glauke und verstieß Medea, gestattete ihr aber den Kindern zuliebe, in einem eigenen Haus nahe seinem zu bleiben. Kreon, der sie nie besonders gern gehabt hatte, hörte gerüchtweise von ihrer Geschichte und von ihren besonderen Fähigkeiten, sah, mit welchen Blicken sie nach seiner Tochter schaute, hörte auch, daß sie sehr harte Worte über ihn selbst gefunden hatte, und befahl ihre Ausweisung. Nur einen Tag sollte sie auf ihr Bitten noch im Hause bleiben dürfen, um sich von Jason und den Kindern zu verabschieden.

Am Nachmittag rief sie Jason zu sich und gab den Kindern eine Schachtel. „Bringt das der Prinzessin", sagte sie mit einer ganz neuen Sanftheit in der Stimme. „Ich möchte nicht unversöhnlich sein. Es ist mein Hochzeitsgeschenk für sie." Jason war gerührt von ihren Worten.

Die Knaben traten zu seiner Braut und überreichten ihr die Schachtel. Sie lächelte, öffnete die Schachtel und fand darin ein wundervoll besticktes Kleid. In argloser Freude schickte sie die Kinder aus dem Zimmer, um es anzuprobieren. Die beiden liefen kichernd zurück zu ihren Eltern. „Eure Mutter geht auf

Reisen", sagte Jason und ging rasch aus dem Zimmer, da er keine Szenen liebte. Medea umarmte ihre Söhne und goß ihnen verdünnten Wein in ihre Lieblingsbecher.

Kreons Tochter legte inzwischen das neue Kleid an. Sie drehte sich vor dem Spiegel - da brannte es wie Feuer an ihrem ganzen Körper. Das Kleid klebte an ihrer Haut und fraß sich in ihr Fleisch. Kreon hörte seine Tochter schreien, lief zu ihr und versuchte, das Kleid herunterzureißen. Seine Hände klebten an dem ätzenden Stoff fest. Verzweifelt umarmte er seine sterbende Tochter und konnte sich nicht mehr von ihr lösen. Die Diener fanden beide tot auf. Jason sah die beiden Leichen und stürzte außer sich in Medeas Wohnung. Dort sah er seine Kinder mit starren Augen vor den leeren Bechern sitzen. Sie starben wenige Augenblicke später. Medea war spurlos verschwunden; nur ein Diener wollte einen von Drachen gezogenen Wagen am Himmel gesehen haben.

*

Als gebrochener Mann stieg Jason zum Hain des Poseidon hinauf, um die Argo noch einmal zu sehen. Er schaute auf das stolze, nun schon ziemlich bemooste Schiff und dachte an die abenteuerliche Fahrt, die Verluste, die Lügen und Verbrechen, die großen Enttäuschungen und seine Abhängigkeit von der seltsamen Frau Medea. Er schluchzte auf - da erzitterte die morsche Argo und stürzte zusammen. Tot lag der Argonautenführer unter ihren Trümmern.

*

Mein Sohn Orpheus hat niemals Waffen getragen. Aber nichts war so nützlich wie seine Musik. Er hat Poseidon besänftigt. Er hat die Wanderklippen aufgehalten, die vorher jedes Schiff zerquetscht hatten. Er hat dem Drachen ein Schlaflied gesungen, Skylla und Charybdis beruhigt und den Männern Mut gemacht. War das sinnlos gewesen? Ohne Orpheus, ohne meinen Sohn, hätten die Männer nicht überlebt. War das alles sinnlos?

ORPHEUS

Ein Gerücht ging durchs Land von einer geplanten Seereise nach Kolchis in einem ganz neuartigen Schiff – eine wahnsinnige Fahrt, so schien es, angeführt von einem jungen Hitzkopf namens Jason, der nichts weniger als das dem Ares geweihte Goldene Vlies erobern wollte und dazu bereit war, sich mit einem mächtigen König ebenso anzulegen wie mit dem Kriegsgott höchstselbst. Daß Linos sich dazu bereit fand, erstaunte mich nicht; er war überzeugt, alles bewältigen zu können, aber doch nicht so tief überzeugt, daß er es nicht immer wieder beweisen mußte. Was aber den sanften Orpheus dazu brachte, dem gefürchteten und übermächtigen Bruder zu folgen, verstand ich erst, als die Argonauten zurückgekehrt waren – wenn auch als heruntergekommene, schrecklich geminderte Mannschaft auf einem angeschlagenen, gar nicht mehr stolzen Schiff – was sie ohne seine bald besänftigende, bald ermutigende Kunst kaum gekonnt hätten.

Die ängstliche Scheu hatte er weitgehend verloren, trat selbstbewußter auf und fröhlicher, ohne von seiner künstlerischen Ernsthaftigkeit abzuweichen. Seine immer himmeloffenen Augen und Ohren hatten ihn die Mysterien fremder Völker suchen und finden lassen. Nach Hellas brachte er die korybantischen Mysterien, wilde Männertänze um Fruchtbarkeit, bei denen überdeutlich ausgestatteten Götterbildern waffenschwingend gehuldigt wurde, sowie die mariandynischen Trauerspiele mit dem melodischen Wechsel von leisem Klagen zu fast kreischenden Schreien. Die schreckliche Fahrt voll von Verrat und Mord und Untieren besang er, und die Zuhörer sahen alles vor sich, bangten und weinten, als seien ihre eigenen Söhne gerade auf der Argo, und jubelten ihm zu, wenn er geendet hatte, weil sie so gerne geweint und gebangt hatten.

Der Königshof wurde ein Freundeskreis für Orpheus; hier sang er als bewunderter und geehrter Künstler für guten Lohn. Auch als sternkundiger Ratgeber war er gern gesehen; seine Art, die Gestirne mit Augen und Herz auf ihren Bahnen zu verfolgen, ließ ihn einiges vom Weltgeschehen vorausahnen. Die Händel der Großen kümmerten ihn nicht, er wollte Musiker sein – und war doch auch ein Argonaut gewesen. Wie damals verstand er, die Gemüter zu beruhigen und die Gedanken zu klären, nicht nur durch seine Musik, sondern auch in seiner Art des Zuhörens und durch eine besonders sanfte und freundliche Weise, die eigenen Erfahrungen zu schildern. Der König vertraute ihm gerne und traf - fast ohne es selbst zu merken - gütigere und gerechtere Entscheidungen als früher. Fast schien mein Sohn König über den König von Thrakien zu sein.

*

Die Fahrt mit der Argo hatte Orpheus grauenvolle Verbrechen vor Augen geführt, und obwohl er selbst niemals an einer Untat mitgewirkt hatte, fühlte er sich mitschuldig als einer aus der Gemeinschaft der Argonauten. Immer wieder brachte er Sühneopfer und sah sich danach nicht anders als vorher – bis er eines Morgens allein auf freiem Feld singend und tanzend die Götter um Gnade bat. In diesem plötzlich in seiner Seele gewachsenen Spiel fand er Trost und Zuversicht. Gesang, so sagte er später oft, nicht Blut oder Feuer, ist, was die Götter versöhnt. Viele verstanden seine Worte als eine Aufforderung zu neuen Riten; gelegentlich wurde Orpheus eingeladen, wo Menschen meinten, die Götter beschwichtigen zu müssen. Tanzend und singend flehte man um Vergebung nach Untaten. Bald verfestigten sich die Formen des Sühnetanzes, und auch zaghaftere Naturen fanden darin eine Form der flehenden Anbetung, die nach begangenem Unrecht Reinigung und Neubeginn verhieß. Einige waren krank geworden vor peinigenden

Gewissensbisse und wurden durch die feierlichen Schreittänze und Gesänge plötzlich geheilt. Man bezeichnete Orpheus als Heiler. Er aber versuchte, den seiner Überzeugung nach ungerechtfertigten Ruhm kleinzureden, und sang von der Größe der Götter und von wegweisenden Gestirnen.

Linos lebte derweil in Theben, fern von seinem Bruder, wie ich nicht ohne Erleichterung dachte, umgeben von überaus prunkvollen Gebäuden, von der kühlen Pracht riesenhafter Tempel, erfolgreich als Sänger und Kitharaspieler. Viele Wohlhabende ließen ihre Söhne bei ihm lernen. Er war ein strenger Lehrer, der seinen Zöglingen keine Schluderei durchgehen ließ und sehr auf saubere Spiel- und Sangestechnik achtete. Die Argofahrt lag als Jugendtorheit hinter ihm, bis ein anderer Argonaut, Herakles, sich in Theben niederließ und an der Seite der Fürstin Omphale häuslich wurde. Er schien sich vom unbekümmerten Haudrauf zum kultivierten Göttersproß zu wandeln, nahm Unterricht im Schrift- und Rechtswesen - und auch im Saitenspiel. Es schmeichelte Linos, daß er einen Zeussohn lehren sollte, und der fürstliche Lohn ermöglichte ihm das von ihm so hochgeschätzte Wohlleben. Aber oft klagte Linos über den tumben Schüler, der einfach kein Gehör besaß und die Kithara handhabe wie eine Waffe. Allerdings vermutete ich schon damals, daß auch Herakles sich mit einigem Recht über den ungeduldigen Lehrer beklagte. Daß es so enden würde, habe ich trotz allem nicht geahnt: Daß er tot im Haus des Herakles lag, der Schädel eingedrückt von einem wuchtigen Schlag, die Kithara zerbrochen und blutbefleckt neben seinem Kopf. Herakles stand zornig und ratlos neben der Leiche; seine linke Wange war gerötet und leicht geschwollen. Er redete sich später damit heraus, sein Lehrer habe ihn ständig bekrittelt und zuletzt gar geschlagen, und in altklugem Schülertrotz, der den längst erwachsenen Mann schlecht kleidete, legte er dar, der große Gesetzgeber Rhadamanthys habe für derartige Fälle Straflosigkeit vorgesehen. Ich hörte das mit widerstreitenden Gefühlen; zornig auf den Totschläger und traurig um meinen Sohn war ich, aber in meinem Gedächtnis tauchten die frühen Streitereien zwischen Linos und Orpheus auf, und eine leise innere Stimme gab Herakles recht.

Orpheus trauerte wirklich um seinen Bruder. Tagelang hockte er stumm, wie erstarrt, in seinem Zimmer, die Kithara verstaubte neben ihm. Endlich griff er wieder zum Instrument, fand eine sanfte schwermütige Melodie, wandelte sie ab und ließ sie anschwellen zu einer wilden Anklage.

Nie begriff ich und nie was du gewesen,
feindlicher Bruder, gern wär ich Freund dir
                                    geworden.
Nie mehr werde ich weinen, weil du mich tadelst.
Weinen werde ich immer, weil ich dich misse.

Ein gellender Akkord schloß das Lied. Kurz darauf ließ sich Orpheus wieder sehen, grau im Gesicht und mit tiefen Schatten unter den Augen, aber lächelnd. Seine neuen Lieder klangen wild, Septimen kamen oft vor und Wechsel von tänzerischen zu stampfenden Taktarten. Die jungen Mädchen umschwärmten ihn; seine von einer düsteren Trauer überschattete Schönheit schien begehrenswert.

*

Eines der Mädchen, Eurydike, ging über die Schwärmerei hinaus – oder vielleicht sollte ich sagen, Orpheus sah in dieser einen mehr als eine schwärmerische Halbwüchsige. Sie war eine nymphenhaft zarte Schönheit mit großen, tiefblauen Augen, schöngeschwungenen Lippen und weich um das schmale Gesicht fallenden Locken. Sie lauschte meinem Sohn hingerissen und begleitete die fremdartigen Klänge der korybantischen Melodien mit Ansätzen kecker Tanzschritte. Beim Mahl sprach sie Orpheus auf bestimmte Stücke an, und der bemerkte ihre kundige Wißbegier und auch ihre Anmut und ihren gescheiten Witz. Es blieb nicht bei Gesprächen über Musik, und bald schon wünschten die beiden ein besonderes Fest. Gemeinsam mit Oiagros besuchte ich Eurydikes Eltern, freundliche und wohlwollende Leute, die den beiden von Herzen ihr Glück gönnten.

Eurydike war nicht zum ersten Male verliebt; ein gewisser Aristaios lebte in der Nachbarschaft, den sie eine Zeitlang durchaus mädchenhaft bewundert hatte. Er aber hatte dies noch kindliche Anhimmeln äußerst ernst genommen und sah ihre Liebe zu Orpheus mit verständnislosem Zorn. Es kam zu einigen peinlichen Szenen, als er versuchte, sie für sich zu gewinnen. Er belagerte sie tagelang und wollte nicht einsehen, daß sie ohne jeden bösen Willen war und einfach einen anderen liebte. Erst als ihr Vater sich in recht bedrohlicher Weise vor Aristaios aufbaute, verschwand der lästige Freier.

Die Brautleute strahlten, und Orpheus' Wangen hatten wieder Farbe. Der junge Hausstand schien von Glück umgeben, Eurydike tanzte mehr als sie ging, und Orpheus schuf ein

Liebeslied nach dem anderen. Ein hübsches kleines Haus hatten die beiden bezogen, und schon bald zeigte die Hausfrau jenes entrückte Lächeln, das eine Vergrößerung des Hausstandes ahnen ließ. Sie suchte gelegentlich die Einsamkeit am nahen Waldrand, ging sinnend im Halbschatten auf und ab. Eines Tages folgte Aristaios ihr und versuchte, sie gewaltsam zu packen. Er hatte getrunken und war schwerfällig; sie riß sich ohne große Mühe los und lief vor ihm weg. An den bloßen Füßen trug sie zierliche Sandalen. Blindlings lief sie und trat auf eine im taunassen Grase liegende Sandotter. Aristaios sah sie fallen, wollte sie an sich reißen und begriff auch in seinem weingetrübten Zustand, was geschehen war. So schnell er konnte, wankte er in die Stadt und trat bei Orpheus ein. Zornig wollte der ihn hinausdrängen, aber Aristaios stammelte etwas von *Eurydike* und *Schlange*, und Orpheus raste zu der von Eurydike so geliebten Gegend. Bald hatte er sie gefunden; bleich und zitternd lag sie im nassen Gras, unverletzt bis auf zwei winzige rote Punkte auf einer Schwellung am Knöchel. Er hob sie auf, trug sie nach Hause, aber noch auf dem Weg hörte sie auf zu atmen.

Im ganzen Ort war die schöne, lebenslustige, freundliche Eurydike beliebt gewesen, alle bedauerten ihren Tod. Das liebliche marmorweiße Gesicht der Aufgebahrten zeigte einen verwunderten Ausdruck; trotz der Blässe wirkte sie fast wie eine Schlafende, die sich gleich ausgeruht erheben würde. Alle umschritten die Leiche, meinten sie so an einer Wiederkehr im Zorn zu hindern; viele schnitten oder ritzten sich kleine Wunden, ihre Seele für die Reise zu stärken und gnädig zu stimmen.

Ich schritt mit den anderen um die Bahre, um den toten Leib, und wußte, daß Eurydikes Seele zu den Schatten unterwegs war. Neben mir schlich ihre Mutter, die kaum die Füße heben konnte und fast so bleich war wie ihre Tochter; vor uns schwankte der Vater.

Orpheus allein schien vollkommen teilnahmslos, stand mit starrer Miene dabei, erwiderte kaum die Worte des Mitleides und des Trostes von Freunden. Unbewegt hörte er das schrille Jammern der Klageweiber.

Nach der Bestattung zog er sein Gewand fest um sich und wollte ohne ein Wort fortgehen in den Wald. Ein Nachbar versuchte, ihn zurückzuhalten, aber Orpheus machte sich los und ging weiter. Den ganzen Tag lang ging er, stumm, rastlos, zielstrebig, gelangte zum Ufer des Acheron. Rundgeschliffene weiße Steine bedeckten das Ufer und schimmerten durch das reißende grünschimmernde Wasser. Bewaldete Berge hoben sich schroff zu seinen Seiten. Still war es hier, er hörte nur das Rauschen und Glucksen der Wellen und selten eine Vogelstimme, die wie eingeschüchtert nur kurz anschlug.

Immer enger und düsterer wurde die Schlucht, immer karger die Berge. Endlich gelangte Orpheus an einen höhlenartigen Überbau über dem Fluß. Er trat ein; das Wasser floß hier nur noch träge, und kahl neigten sich die Felsen von beiden Seiten aufeinander zu. Durch einen Spalt war fadendünn der Himmel zu sehen. Einen Weg gab es nicht; er mußte über wild getürmte Gesteinsbrocken klettern. Hinter einer Biegung wurde es flacher, ein schmaler natürlicher Weg führte am Ufer entlang, die Felsen schlossen sich zur Höhle. Ein ungewisses bleiches Licht zeigte schemenhaft den Weg und den trägen Fluß. Am jenseitigen Ufer stand neben einem dümpelnden Kahn ein grau gewandeter Mann vor der Lichtquelle, etwas weißlich Schimmerndem am Boden. Er sah hinüber, machte aber keine Anstalten, den Kahn zu besteigen. Orpheus wurde bewußt, daß er sein Instrument seit Stunden umklammert hielt. Er legte es neben sich, bewegte die verkrampften

Finger, setzte sich ans Ufer. Dann begann er zu spielen. Es klang wie leises Tropfen, entwickelte sich zu einem wehmütig fragenden Thema, immer wiederkehrend, zu einer klagenden Melodie. Der Mann am anderen Ufer blickte auf. Sein Gesicht war fast so grau wie sein Gewand und von grauen Locken umrahmt – aber das mochte an dem seltsamen Licht liegen. Orpheus spielte weiter, und der andere bestieg zögernd den Kahn, ruderte mit unschlüssigen, kabbeligen Schlägen über den Fluß, legte an, richtete sich im Kahn auf. Die Melodie bekam etwas Fragendes, Flehendes.

„Du bist nicht tot", stellte der Fährmann fest. Orpheus ließ die Kithara sinken. „Nein", gab er leise zu, „ich nicht." „Ich bin Charon", sagte der Fährmann. Seine Stimme klang verschleiert. „Ich habe nur Tote überzusetzen." „Ich will tot sein", sagte Orpheus. Charon schüttelte den Kopf. „So geht das nicht. Du bist ein Lebender, ob du willst oder nicht." Orpheus nahm das Instrument wieder auf. Charon neigte den Kopf, lauschte. Das bleiche Leuchten am anderen Ufer verstärkte sich; Orpheus sah in ein junges Gesicht mit alten Augen. Die Kithara weinte.

„Steh auf", befahl Charon, „steig ein, aber spiel weiter, spiel weiter." Vorsichtig erhob Orpheus sich, ohne das Spiel zu unterbrechen. Charon ging voran, setzte sich auf die Ruderbank, Orpheus kniete ihm gegenüber, immer spielend. Zügig ruderte Charon, bis sie mit einem Ruck am anderen Ufer ankamen. Das Licht kam von einer ungeheuren Menge hoher Blumen, deren kerzenförmige Blütenstände aus weißen Sternen gebildet waren. Charon erhob sich. „Steig aus", brummte er, „ich weiß zwar nicht, warum du unbedingt hier sein willst – aber hier bist du nun." „Ich danke dir", sagte Orpheus leise. Charon blickte ihm großäugig nach. „Das hat noch nie jemand zu mir gesagt", murmelte er.

Die Asphodelen dufteten und leuchteten weiß und betäubend. Orpheus hob zaghaft die Kithara, ließ sie wieder sinken, summte eine betrübte Weise vor sich hin. Die Asphodelen erzitterten. *ehi ehi*, sang er leise, *ehi Eurydike mou* – die langgezogene Klage war der einzige Laut in der Unterwelt. Singend schritt Orpheus durch die Asphodelenwiese – die Blumen neigten sich dem Klang zu. Der Nebel jenseits der Wiese schien sich zu verdichten; immer dunkler wurde er, und dann konnte Orpheus schwärzliche Gestalten erkennen, eine wachsende Menge, wie Menschen geformt, aber lautlosen Schrittes, die grauweißen, pupillenlosen Augen aufgerissen. Flehend streckten sie ihm die Hände entgegen. *ehi ehi Eurydike mou*, sang Orpheus klagend, und etwas wie ein allgemeiner Seufzer ging durch die Menge, körperlos, wispernd wie Wind im Schilf. Orpheus stand nun am Rand der Asphodelenwiese; der Boden war schwarz wie Lavagestein. Die Toten drängten zu ihm, aber Eurydike fand er nicht unter ihnen. Unablässig sang er weiter. Plötzlich hörte er harte Schritte und ein mehrstimmiges böses Knurren. Die Menge teilte sich, mitten hindurch schritt ein Mann, bleich und schwarz gekleidet, aber unzweifelhaft aus festerem Stoff als die Schatten – lebendig, mit dunklen Augen und vollen, wenn auch etwas zusammengekniffenen Lippen. Dicht vor ihm lief ein großer Hund mit drei geifernden Köpfen; knurrend machte er Miene, Orpheus anzuspringen. Der spürte weder Ekel noch Angst: ein zierlicher Schatten ging hinter dem Finsteren und streckte die Hände vor. *isou isou Eurydike mou*, jubelte er singend. Pluton stellte sich drohend vor ihn. Kerberos spitzte sechs Ohren. „Was willst du hier?", herrschte Pluton den Sänger an. „Du lebst!" „Das ist nicht meine Schuld", wandte Orpheus ein, „ich will zu meiner Frau." Wieder ging der schilfraschelnde Seufzer durch die Menge. Pluton schüttelte den Kopf, eher ratlos als verneinend. „Du lebst", wiederholte er sanfter, „und du kennst die

Gesetze der Unterwelt." Die schattenhafte Eurydike drängte sich neben ihn. Orpheus sang: *Eurydike mou, Eurydike - komm zu mir, komm mit mir.* Kerberos legte sich Orpheus zu Füßen. Der sang von der hellen Oberwelt, von den reichen Gaben der üppigen Demeter (hier zuckte Pluton zusammen und sah peinlich berührt aus), von Wäldern und Flüssen, Vögeln und Fischen, von reichen Städten und wogenden Feldern – von dem Himmel, der ständig das Aussehen ändert, von Helios und Selene und Eos und den Sternen. Dann pries er die hohen Götter, Zeus und Hera, Apollon und die Musen, Mutter Gaia und ihre vielen Kinder, die Götter des Meeres und der Flüsse und endlich auch die der Unterwelt: Hades, Pluton, Persephone, und auch den treuen Fährmann Charon vergaß er nicht.

Pluton hatte sich gedankenverloren auf ein Knie niedergelassen und kraulte Kerberos zwischen zwei seiner Ohren. Der dazugehörige Kopf schloß behaglich die Augen, und der Schlangenkopf am Schwanzende berührte spielerisch züngelnd die streichelnde Hand des Gottes. Eurydikes Schatten trat vor.

Orpheus ließ das Instrument sinken, wollte sie umarmen, da erhob sich das Tier knurrend. Pluton sprang auf: „Zurück!" Orpheus war nicht sicher, ob er oder Kerberos gemeint sei.

Eurydikes Schatten zitterte. *Eurydike mou*, sang Orpheus flehend und schlug wieder die Saiten. Schwermütig und sehnsüchtig füllte das Lied den Raum; die Schatten schwankten wie Schilf im Wind. Betörend dufteten die Asphodelen. Das Hundeuntier winselte leise. Glitzernde Spuren liefen über Plutons bleiche Wangen. „Aus, Kerberos", zischte er und wischte sich die Augen. Eurydikes Schatten ging an Pluton und Kerberos vorbei und streckte die Hände nach dem Sänger aus. Pluton räusperte sich. „Du willst sie wiederhaben?" „Ja", schrie Orpheus fast, „gib sie mir wieder, bitte..." Der Gott nickte ernst. „Sie soll wieder leben dürfen", sagte er, „aber sie wird erst am anderen Ufer des Acheron wirklich lebendig. Laßt euch übersetzen." Orpheus verneigte sich. Eurydike stand nun dicht vor ihm, konnte ihn aber noch nicht berühren. „Geht", sagte Pluton barsch, „ehe ich es mir anders überlege. Aber von nun an darfst du dich nicht mehr nach ihr umsehen! Kein Blick zurück, und sie geht hinter dir." „Was immer du verlangst -", murmelte Orpheus, und der Gott fuhr fort: „Erst wenn ihr das oberirdische Ufer betreten habt, darfst du sie wieder anschauen. Dann wird sie leben! Aber jetzt geh – und gehorche mir, sonst bleibt sie hier."

Orpheus nickte und drehte sich um. Durch die Menge der Schatten schritt er, durch die Asphodelenwiese, zu Charons Kahn am Ufer. Dabei sang und summte er unaufhörlich, glücklich, erwartungsvoll. „Mit dir, mit dir – bald, Eurydike, bald wird alles gut sein – mit dir." Charon stand auf ein Ruder gelehnt neben dem Kahn. „Charon, Charon – wir dürfen beide , o Charon, guter bester Charon -" „Steigt ein", befahl der Alte unwirsch, aber es gelang ihm nicht ganz, seine Rührung zu verbergen. „Es war deutlich bis hierher zu hören, also spar dir die Erklärungen."

Der Fährmann stieß ab. Zwanghaft starrte Orpheus auf das oberirdische Ufer. Nicht umdrehen, nicht umsehen, befahl er sich. Noch immer konnte der Schatten ihn nicht berühren und schwieg. Wenn es nicht wahr ist, dachte er, wenn sie gar nicht im Boot sitzt, wenn sie mich betrogen haben - „Nach vorne schauen, nach vorne", murmelte er. Nur die gleichmäßigen Ruderschläge waren zu hören. Endlich schob der Bug sich knirschend auf das Ufer. Orpheus erhob sich zitternd, trat an Land und wandte sich um, Eurydike aus dem Kahn zu helfen. Der Schatten streckte die Hände nach ihm aus, berührte für einen winzigen Augenblick seine Fingerspitzen – und wurde von etwas zurückgezogen. „Narr!" schimpfte Charon, „Sie ist doch noch auf dem Wasser!" Damit stieß er den Kahn wieder ab, wendete mit wenigen Ruderschlägen. Zornig blickte er Orpheus im Wegfahren an. Der fiel auf die Knie: „Charon – bitte..." Aber Charon antwortete nicht. Eurydikes Schatten stand reglos, zum anderen Ufer gewandt.

Betäubt saß Orpheus am Ufer. Drüben schimmerten die Asphodelen, der Kahn lag unbeweglich da, Charon kauerte wie ein großer Stein darin. Kein Schatten war zu sehen. „Eurydike!", schrie Orpheus auf. Nichts änderte sich.

*

Stumm schlich der Sänger am Flußufer entlang. Nichts war mehr sinnvoll. Weiß glitzerten die Steine in der Sonne, grün funkelte der Acheron, schwärzlich lagen die bewaldeten Hügel da. Aber Orpheus sah nur das geisterhaft bleiche Leuchten der Asphodelenwiese und die schwarzgraue Menge der Schatten, den grausigen Kerberos und Plutons bleiches Antlitz, Charons dunkle alte Augen und die hell-dunklen Umrisse seiner Eurydike. Tagelang ging er stumm, aß nicht, trank Flußwasser, schlief auf Steinen. Dann formte er Worte: „Verloren –

verloren ist sie, ewig verloren..." Ein Sprung Rehe trat ans Ufer, um zu trinken. Sie stellten die Lauscher auf, sahen den Sänger an und kamen langsam auf ihn zu. „Verloren – verloren", sang er, und eine Ricke stupste ihn mit dem weichen Äser. Gedankenlos kraulte er sie zwischen den Lauschern, summte dabei unablässig. Die anderen Rehe drängten sich um ihn. Aus seinen wenigen Worten wuchs eine traurig sehnsüchtige Melodie. Er umarmte eines der Rehe, hielt sich fest an dem zierlichen warmen Körper, und das Tier scheute keinen Augenblick. Singend schritt er vom Ufer weg zum weichen Waldboden hin, die Rehe folgten ihm. Er ließ sich nieder, stimmte die Kithara, fand eine Begleitung zu seinem wachsenden Lied.

Ein Luchs äugte gelbäugig und verwundert auf die Gruppe, stellte die spitzen Ohren auf und kam näher. Die Rehe sahen kurz und gleichgültig zu ihm, er schmiegte sich leise schnurrend an Orpheus, schloß die Augen halb und rührte sich nicht mehr.

Furchtlos äugten die Rehe den Luchs an. Orpheus legte die Kithara nieder, stand auf, ging einige Schritte, dehnte und streckte sich. Der Luchs folgte ihm, strich um seine Beine, ließ sich streicheln. Orpheus pflückte einige Beeren, sie schmeckten sauer. Wusch Hände und Gesicht im Acheron. Ließ sich wieder auf dem weichen Waldboden nieder, präludierte, spielte eine klagende mariandynische Weise. Die Rehe ästen friedlich und wandten sich kaum um, als ein junger Löwe auf die Lichtung schritt. Er beschnupperte Luchs und Sänger, mißachtete das reichliche Angebot an Beutetieren und legte sich hin. Orpheus lächelte kurz, fand eine sanftere Melodie. Die Kithara beschrieb nun das Rascheln der Blätter, das Rauschen des Flusses, das leise Rupfen und Mahlen der äsenden Rehe. Endlich sang er, fand Worte, die ruhende Macht des Löwen zu schildern und das seidige Fell des Luchses, die aufmerksamen hellgrauen Augen eines Wolfes, der seit kurzem die Lichtung umstrich. Er sang vom Frieden zwischen den Tieren, zwischen Tier und Mensch. Frieden, so sang er, werde einst auch bei den Schatten sein, nicht mehr ruhelos sollten die gepeinigten Seelen der großen Frevler sein, Ruhe sollten Sisyphos und die Danaiden finden, Tantalos solle nicht mehr hungern.

Die Gräser schmiegten sich um die Füße des Sängers, die Bäume neigten ihm ihr Gezweig zu, und ein bemooster Findling rollte ächzend einige Handbreit näher.

Tage, Wochen vergingen so. Orpheus wusch sich im Acheron, aß die kargen Früchte des Waldes, spielte und sang. Frieden breitete sich um ihn. Die Vögel schwiegen und hüpften in das Gras, Eidechsen sonnten sich neben Bussarden, und eine Bache sah zu, wie ihre Frischlinge mit einem Löwen spielten. Orpheus sang davon, wie einst die Götter der dreigeteilten Welt, der Unterwelt, der Meere und des Olympos, sich versöhnen und alle Teile der Welt freimütig und friedvoll betreten werden. Er sang, daß Menschen und Tiere einander lieben und helfen werden, daß Mensch gegen Mensch nicht mehr das Schwert erheben werde und Tier gegen Tier nicht die Klaue, und der Wald lauschte.

Einmal kamen Hirten in die Gegend und glaubten zuerst, einen Gott vor sich zu sehen. Orpheus aber gab sich als Mensch zu erkennen, umarmte die Menschen zärtlich, sang und spielte für sie – aber er ließ sich nicht dazu bewegen, zurück zu menschlichen Siedlungen zu kommen.

*

Es wurde Spätsommer, leichter wurde ihm, Nahrung zu finden, und die Beerensträucher schienen ihre Dornen einzuziehen, wenn er kam. Aber in seinen Gesängen von Trauer, Liebe und Frieden hatte er einen Gott unbeachtet gelassen, dessen Macht jeden Herbst besonders groß wird. Der wilde Dionysos war es, der über den Wein und den Rausch gebietet. Auch Aphrodite war meinem Sohn gram; seit Eurydikes Tod hatte er jeden Dienst an ihrem Heiligtum verschmäht. Sie trat auf Dionysos zu, die strahlend schöne Göttin auf den dunkel leuchtenden Gott: „Dieser Orpheus nimmt sich vieles heraus. Er achtet uns nicht." Dionysos nickte. „Er ist ein Weichling, verachtet die besten Gaben." „Und das nimmst du so hin?" fragte Aphrodite spitz, „Möchtest du ihn das nicht entgelten lassen?" Dionysos hob die Schultern und strich sich lässig die schwarzen Locken aus der Stirn. „Im Grunde ist dieser Säusler doch unwichtig, seit er im Wald lebt. Wenn er seine Mitmenschen beeinflußte, ja, dann müßten wir eingreifen – aber so -" Entrüstet schüttelte Aphrodite den Kopf. „Wie kannst du das sagen? Selbst die Tiere benehmen sich sonderbar! Ich glaube gar, sie paaren sich nicht mehr. Und dann hat er kürzlich diese Hirten auf seltsame Gedanken gebracht – ich weiß nicht, ob dir das klar ist, aber er hat in diesen Knaben recht sonderbare Gefühle geweckt..." Dionysos lächelte. „Das finde ich nun gerade nicht schrecklich." Aphrodite verzog die Lippen und funkelte boshaft. „Nun, darüber sind wir wohl geteilter Meinung. Aber ich bin nicht bereit, diese unglaubliche Mißachtung länger hinzunehmen!" „Und was willst du tun?", fragte Dionysos gleichmütig, „Ihn verwandeln, ihn tothetzen? Ich bitte dich, das ist doch übertrieben." „Oh nein", erwiderte sie, „ich habe andere Pläne. Die Weinlese ist nah, und deine kleinen Freundinnen", sie rümpfte ihre makellos gerade Nase ein wenig, „werden wieder einmal durch die Wälder stürmen. Sie sehen ja immer wieder ganz bemerkenswert anziehend aus." „Hmm", machte Dionysos, „sie sind nichts für Weichlinge. Ich glaube nicht, daß er darauf anspringt." Aphrodite verzog maliziös die Lippen: „Nicht er auf sie. Sie auf ihn." Dionysos lächelte breit. „Verstehe. Ja, das ginge. Es wäre kein schlechter Ersatz für geopferte Früchte."

Orpheus wanderte tiefer in den Wald. Kühl war es geworden, und vom Acheron stieg allmorgendlich kalter Dunst auf, der durch sein fadenscheiniges Gewand kroch. Behutsam legte er sein Instrument ab, sammelte herabgefallene Äste und stellte sie an einer mächtigen Esche zu einem Schutzdach auf, verflocht sie mit Reisig und häufte Laub und Moos unter das Gebilde. Es bot gerade genug Raum für ihn. Dann setzte er sich davor auf den Waldboden und spielte, versuchte den Fall der Blätter und den Vogelzug zu beschreiben. Knarrend rückten einige Bäume etwas näher an den Sänger, bildeten einen Ring um ihn. Orpheus sah es und dankte singend, aber er merkte kaum noch, wie ungewöhnlich es war. Er war ein Teil des Waldes, nicht anders als Luchs und Reh, Esche und Platane. Mit den Tieren und Pflanzen lebte er, und wie die Tiere zog er weiter, wenn er keine Früchte mehr fand. Bäume zogen ihre Wurzeln aus dem Boden und schritten ihm ächzend nach, um seinem Gesang zu lauschen. Weit nach Nordwesten ging er. Die Blätter fielen, als er am Hebros ankam.

Von ferne hörte er vielstimmiges Juchzen und Kreischen, hielt lauschend inne. Die Rufe kamen näher, eine Horde brach durch den Ring der Bäume – die wilden Flammenweiber des Dionysos waren es, die Mänaden, in Leopardenfelle gehüllt, mit flatterndem Haar und bloßen Brüsten. Einige hielten wein- und efeuumwundene, von Pinienzapfen gekrönte Stäbe. Alle hatten unnatürlich leuchtende Augen und geweitete Pupillen. Orpheus starrte sie wortlos an, erhob sich, die Kithara schützend an sich gepreßt. Mit einem kreischenden Lachen umarmte ihn eine Mänade, küßte ihn gewaltsam, stieß ihn von sich: „Der ist kalt wie ein Fisch!", schrie sie.

„Kann man ändern", grölte eine andere. Von allen Seiten stürmten sie auf ihn ein. Orpheus fühlte, wie sie ihm das Gewand herunterzerrten, ihn an den Haaren rissen, ihm die Kithara aus dem Arm wanden. „Nicht das Instrument", schrie er auf, aber da war sie schon an einer Esche zerschellt, und eine Mänade tanzte mit hochgereckten Armen auf ihren Trümmern. Eine andere wollte ihn umarmen, er wehrte sich verzweifelt. Sie schlug ihre Fingernägel in seine Oberarme. Zwei weitere hielten seine Arme fest, während sie das Blut aus den Kratzspuren leckte.

Mit hochroten Lippen und Blut unter den Fingernägeln rasten die Mänaden weiter durch den Wald. Aber gezügelt schienen sie - ihre Wildheit war gebrochen, sie lärmten weniger und beobachteten ihre eigenen Schritte. Bei einbrechender Dunkelheit gelangten sie an den Waldrand; nun schwirrten sie, unangenehm berührt von Erinnerungsfetzen, in ihre Häuser und Hütten, sackten auf ihre Betten und fielen sofort in Schlaf. Am anderen Morgen fanden sie sich mit dem säuerlichen Geschmack von Blut und Wein in den Mündern; das getrocknete Blut meines Sohnes spannte auf ihrer Haut. Als sie hinausgingen, wurden sie grau und borkig; ihre

Haare ergrünten zu Blättern, und ihre Füße wurzelten im Boden.

*

Wir fanden seinen Körper, meine Schwestern und ich. Die linke Hand lag ein Stück weiter weg, die Finger der rechten hingen an bläulichen Sehnen. Der Brustkorb war aufgebrochen, offen lag das Herz in einem See stockenden Blutes. Wir lasen alles zusammen, was seinen Leib gebildet hatte. Was die Mänaden in den Hebros geworfen hatten, sollte die Strömung später auf Lesbos anschwemmen. Frauen fanden das von den Kratz- und Bißspuren entstellte, aber sonst noch unversehrte Haupt und bestatteten es voll Mitleid und Ehrfurcht. Ich habe das diesen Frauen nie vergessen.

Den Leib bestatteten wir mit den Trümmern seiner Kithara auf einem Berg. Das Grab ist in den weißlichen Felsen gehauen. Ein steinerner Bogen überwölbt es. Auf seinem Zenith ließ sich eine Nachtigall nieder. Ihr Gesang übertönte unsere Klagen.

Zertreten, zersplittert die Leier,
der Sänger tot und zerfetzt,
gekratzt in die Wangen blutige Furchen,
durchbissen die Halsschlagader

111

und ausgekugelt die Arme.
Die Lippen, einst fein geschwungen,
geschwollen von tierischen Küssen.
Die Augen, die schwarzen, starren
in die Wipfel des Haines.
Aber Eurydikes Schatten
lächelt erwartungsvoll.

Orpheus, mein Sohn. Von Liebe und Versöhnung der ganzen Welt hatte er gesungen und wurde zerrissen. Ich weiß nicht, ob ich Versöhnung will.

Weitere Bücher von Claudia Sperlich bei tredition GmbH

Lass mich bekennen Deine Mandelblüte.
Gedichte, 2015. Einband und Illustratrionen:
Doris Kollmann
Paperback   ISBN 978-3-7323-1172-9
Hardcover   ISBN 978-3-7323-1173-6
e-Book   ISBN 978-3-7323-1174-3

Archipoeta – Der Erzdichter, 2015
Paperback   ISBN 978-3-7323-7645-2
Hardcover   ISBN 978-3-7323-7646-9
e-Book   ISBN 978-3-7323-7647-6

Zyklische Sonette, 2015
Paperback   ISBN 978-3-7345-3074-6
Hardcover   ISBN 978-3-7345-3075-3
e-Book   ISBN 978-3-7345-3076-0

Hymnarium – Lateinische Hymnen der Kirche neu übersetzt, 2016
Paperback   ISBN 978-3-7345-1244-5
Hardcover   ISBN 978-3-7345-1245-2
e-Book   ISBN 978-3-7345-1246-9

Gut Nacht. Variationen über ein Abendlied,
2016
Paperback   ISBN 978-3-7345-8121-2
Hardcover   ISBN 978-3-7345-8122-9
e-Book   ISBN 978-3-7345-8123-6

**Die Befreier. 13 Geschichten von
Verwandten, Nachbarn und anderen
Dämonen,** 2017
Paperback   978-3-7439-0866-6
Hardcover   978-3-7439-0867-3
e-Book   978-3-7439-0868-0

Als Übersetzerin war ich beteiligt an
**René Rapin, Hortorum Libri IV. Die Gärten –
Gedicht in vier Büchern. Textkritische
Ausgabe und Übersetzung,** VDG Stuttgart 2012

Im Internet:
https://katholischlogisch.blog
https://claudiasperlichautorin.wordpress.com
https://facebook.ClaudiaSperlichAutorin
https://tredition.de/autoren/claudia-sperlich-
14209

Zeitfracht Medien GmbH
Ferdinand-Jühlke-Straße 7
99095 Erfurt, Deutschland
produktsicherheit@kolibri360.de